버지니아 울프 북클럽

버지니아 울프 북클럽

Virginia Woolf
Book Club

이택광 지음

버지니아 울프라는 이름은 박인환의 시 〈목마와 숙녀〉를 통해 처음 알게 되었다. 때는 고등학교 2학년 무렵이었다. 어쭙잖게 문학소년 흉내를 내던 또래 사이에서 박인환의 시가 유행했고, 나도 어깨너머로 그의 이름을 듣고 시집까지 구해 탐독했다. 그리고 몇 달이 흘렀을까. 우연히 들른 보수동 헌책방 골목에서 울프의 《등대로》 영문판을 발견했다. 영어 공부도 할 겸 영문 소설책을 읽던 나에게 이 소설을 찾아낸 일은 우연이라기보다 필연처럼 느껴졌다.

어려운 단어는 사전을 찾아가며 간신히 읽긴 했지만, 울프의 소설은 기존에 읽던 소설과 너무 달랐다. 당시 나는 어니스트 헤밍웨이의 간결하고 명징한 문체에 빠져 한글판이든 영문판이든 닥치는 대로 그의 작품을 찾아 읽었는데, 울프의 문체는 마치 비오는 날의 창밖 풍경처럼 두서없고 산만해서 전혀 다른 느낌이었다. 그럼에도 파편처럼 흩어진 문장들을 차근차근 읽어나가면 하나의 이야기가 서서히 가랑비처럼 스며든다는 것이 신기했다.

이렇게 소설가 울프를 만난 것은 꽤 오래되었지만, 이제야 나는 울프를 좀 더 이해할 수 있게 되었다. 울프는 여성이라는 이유로 대학 진학을 포기할 수밖에 없었다. 또 여성이기 때문에 '여류 작가'라는 굴레를 끊임없이 강요받아야 했다. 그러나 울프는 굴하지 않고 독학으로 자신만의 작품 세계를 만들고자 고군분투했다.

울프는 평생 읽고 쓰는 일을 강조했다. 그는 지독한 독서가이자 기록자였다. 이런 노력은 개인의 차원에 그치지 않았다. 자신의 경험을 토대로 교육받을 기회를 박탈당한 노동자들에게 독서를 권장했으며, 공공 도서관의 필요성을 역설했다. 탁월한 소설가인 동시에 날카로운 비평가이자 사상가였던 이런 울프의 면모는 거의 알려지지 않았다. 어쩌면 지금까지 세상은 울프를 전면적으로 오해하고 있었는지 모른다.

울프에 관한 책을 쓰겠다고 마음먹고 그동안 읽지 못했던 그의 에세이와 일기를 읽은 것은 또 다른 소득이다. 소설만 읽었을 때 뚜렷하지 않았던 울프의 모습이 에세이와 일기를 읽고 나자 선명하게 드러나는 신기한 경험을 했다. 흑백 사진에 갇혀 있던 창백한 미학주의자가 사실은 뜨거운 심장으로 당대와 치열하게 부딪치면서 살아간 불굴의 활동가였다는 사실에 놀라움을 금치 못했다. 마치 울프가 곁에서 숨 쉬고 있는 것은 아닌지 착각할 정도였다. 울프와 하얀 절벽이 있는 벌링 갭을 같이 걸어 다니는 꿈을 꾸기도 했다.

이 책의 초고를 탈고한 후 마침 벌링 갭에 갈 기회가 있었다. 여름이면 울프는 남편과 함께 벌링 갭 근처에 있는 몽크스 하우스에 머무르곤 했다. 몽크스 하우스는 16세기 수도사의 집이었던 곳으로, 지금도 울프의 유품이 남아 있다.

그러나 울프의 생각은 박물관에 넣어두기 아까울 정도로 오늘날 우리가 당면한 문제들과 맞닿아 있다. 울프는 남성의 제국을 어떻게 여성이라는 젠더의 균열을 통해 해체할 수 있을지 평생 고민했다. 누구도 식민지를 이야기하지 않을 때, 여성이라는 존재에서 식민성의 기원을 발견했다. 이 차별의 구조를 바꾸는 일에 모든 열정을 바친 울프의 삶과 사상은 지금 여기를 사는 우리에게 여전히 귀감이 된다.

이 책이 나오기까지 많은 이들에게 도움을 받았다. 특히 문학에 대해 강우성 선생과 나눈 대화가 없었다면 이 책은 지금에 미치지 못했을 것이다. 평소에 Y 선생님이 주신 영감이 이 책을 더욱 풍성하게 했다. 휴머니스트 편집부의 섬세한 감각 덕분에 이 책은 훨씬 더 책다워졌다. 또 이 책을 쓰기 위한 기초연구에 경희대의 지원(KHU-20160605)이 있었다. 이 자리를 빌려 모두에게 감사드린다. 아무쪼록 시간을 이겨내고 꿋꿋이 타오르고 있는 울프의 사상이 독자 개개인의 마음에서 다시 새로워지길 기원한다.

2019년 2월
저자 쓰다.

차례

Jacob's Room

Virginia Woolf

《제이콥의 방》, 삶을 표현하는 글쓰기

1922년에 출간된 《제이콥의 방》은 후기 작품에서 만개하는 울프 미학의 씨앗을 품고 있다. 울프는 언어의 감옥에 갇히지 않고 내면세계를 표현하는 방법을 찾고자 했다. 이 소설에서 울프는 삶을 지배하는 맹목성에 주목한다. 이 맹목성이야말로 우리의 욕망을 지배하고 있는 필연성이기도 하다. 울프는 주인공 제이콥을 통해 과도한 남성성 강박에 사로잡힌 당대 남성의 맹목성을 그려낸다. 이 같은 인간 군상의 파노라마가 펼쳐지는 곳이 바로 제이콥의 '방'이다. 그래서 어떤 이들은 이 소설의 주인공은 제이콥이라는 인물이 아니라, 그 배경을 이루고 있는 '방'이라고 주장하기도 한다.

버지니아 울프의 생애와 박인환

박인환의 시 〈목마와 숙녀〉는 "한 잔의 술을 마시고 / 우리는 버지니아 울프의 생애와 / 목마를 타고 떠난 숙녀의 옷자락을 이야기한다"라는 구절로 시작한다. 김수영은 이런 박인환의 시를 '겉멋'이라고 이죽거렸지만, 다른 관점에서 보면 박인환은 '버지니아 울프의 생애'가 가지는 의미를 직관적으로 깨달았다고 할 수 있다.

이 시에 등장하는 '목마'는 로런스 스턴Laurence Sterne이 《트리스트럼 샌디Tristram Shandy》에서 '강박 충동'을 나타내기 위해 사용한 상징이다. 울프는 《보통의 독자The Common Reader》에서 스턴의 작품에 등장하는 남성 주인공을 일컬어 "목마를 타고 죽음을 향해 간다."라고 지적한다. 여기에서 '목마'는 강박 충동에 이끌린 맹목성을 뜻하는데, 울프는 《제이콥의 방Jacob's Room》에서 스턴의 문제의식을 패러디한다. 이 소설의 주인공 제이콥은 케임브리지 대학에 입학한 수재지만, 남성성에 대한 과도한 강박 충동에 사로

〈목마와 숙녀〉에서 버지니아 울프의 생애를 이야기한 시인 박인환.

잡힌 인물이다. 스턴 식으로 말하자면 죽음으로 향하는 '목마'를 탄 남성인 것이다.

그렇다면 박인환은 과연 스턴에 대해 쓴 울프의 에세이를 읽었을까? 나는 그가 그것을 읽었을 것이라고 생각한다. 왜냐하면 그는 〈센티멘탈 쟈니〉라는 시도 썼기 때문이다. 이 시의 제목에서 '쟈니'는 여행을 뜻하는 영어 단어 'journey'를 한국어 발음으로 옮겨놓은 말인데, 이는 스턴의 다른 소설 제목(A Sentimental Journey)이기도 하다.

18세기 소설가 스턴과 20세기 소설가 울프를 연결해주는 것은 울프의 《보통의 독자》다. 이런 까닭에 박인환은 울프의 에세이를 읽고 스턴의 소설을 알았을 것이라고 추측해볼 수 있겠다.

물론 김수영이라면, 박인환이 그 내용을 어깨너머로 들었을 것이라고 힐난하면서 내 생각에 동의하지 않겠지만 말이다.

박인환을 통해 우리는 뜻밖에도 스턴에 대한 울프의 관심을 확인할 수 있다. 이런 관심에서 알 수 있듯이, 울프는 18세기 센티멘털리즘Sentimentalism(감상주의)을 근대적인 방식으로 재구성하고자 했다. 문학사에서 센티멘털리즘은 이성보다 감정과 행동을 더 중시하는 문학적 경향을 의미한다. 박인환의 시에서 과도하게 드러나는 '통속적인 감정'은, 짐작건대 이런 센티멘털리즘을 나름 한국적인 상황에서 실험해본 것이라고 선해할 수도 있지 않을까.

다시 '목마'에 대한 이야기로 돌아와서 이어가면, 흥미롭게도 전쟁과 목마의 이미지를 연결시켜서 풍자하는 경우는 1916년에 제작한 마크 거틀러Mark Gertler의 그림 〈회전목마Merry-Go-Round〉에서도 확인할 수 있다. 평화주의자인 거틀러는 제1차 세계대전이 발발하자 이 그림을 통해 전쟁의 맹목성을 시각적으로 고발하고자 했다. 소설가 데이비드 허버트 로런스David Herbert Lawrence는 거틀러의 〈회전목마〉를 보고 "지금까지 본 근대 회화 중에서 최고"라고 칭찬했다.

거틀러가 스턴의 《트리스트럼 샌디》를 읽고 영향을 받아서 이 그림을 그렸는지는 확실하지 않다. 그러나 스턴의 문제의식을 알고 있었을 가능성이 크다. 왜냐하면 거틀러는 한때 자신의 후원자였던 오토라인 모렐Ottoline Morrell을 통해 블룸즈버리그룹Bloomsbury group 동인과 친분을 쌓았고 울프와 자주 만나 대화를 나

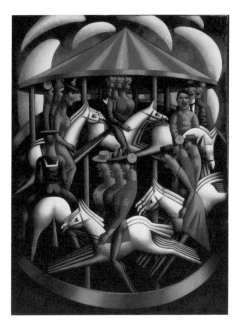

마크 거틀러, 〈회전목마〉, 1916년.

누었기 때문이다. 거틀러 역시 울프와 마찬가지로 비타협적인 평화주의자였는데, 제1차 세계대전이 발발하자 자신의 후원자이자 윈스턴 처칠의 비서인 에드워드 마시와 결별해버린다.

울프는 거틀러에 관한 이야기를 일기로 남겼다. 그는 거틀러에 대한 첫인상을 소상하게 적어놓았는데, 첫 만남에서 30시간 이상 대화를 나누었다고 하니 이만저만 말이 통하는 사이가 아니었음을 짐작할 수 있다. 울프는 거틀러를 일컬어 "천상천하 유아독존의 에고이스트"라고 평하기도 했다.

둘의 대화가 항상 의견 일치를 이루었던 것은 아닌 모양이다. 《존재의 순간들Moments of Being》에서 울프는 사적이고 사소한 사실만 나열하는 '문학의 열등성'을 지적한 거틀러의 주장에 대해 '따끔한 비판'이라고 수긍하면서도 모두가 그림을 그려서 인물 성격을 표현할 수는 없는 노릇이라고 말한다. 열심히 노력한다고 해서 '아무나' 세잔처럼 그림을 그릴 수는 없다는 뜻이다. 그림과 비교해서 글은 훈련을 거치면 '아무나' 일정한 수준에 오른다는 점에서 훨씬 대중적인 매체일 것이다. 근대가 평등의 원리에 따라 모든 가치를 옆으로 펼쳐놓는 시대라고 한다면, 글쓰기에 대한 울프의 생각은 거틀러보다 훨씬 더 급진적이라고 할 수 있다.

울프는 인상파 화가들과 자신의 글쓰기를 나란히 놓고자 했다. 울프에게 '모던 픽션'은 인상파의 그림처럼 '삶을 표현하는 것'이었다. 여기에서 '삶'이란 약동하는 생명 자체를 말한다. 모던 픽션은 주관의 눈을 배제한 객관적인 대상의 움직임만을 포착해야 한다고 생각했다. 이 객관적 대상화는 '의식의 흐름'이라는 기법에서 확인할 수 있듯이, 인간의 주관마저 일종의 흐름으로 그려내는 것이다.

절대적인 '나'는 주어진 것이 아니라 '의식의 흐름'일 뿐이라는 생각이 울프의 작품을 지배했다. 일기는 계획이나 결론이 필요하지 않은 글쓰기다. 울프는 일기 쓰기를 그치지 않았고, 일기를 통해 자기를 탐구하고 세상을 파악했다. 일기야말로 울프가 예리하게 짚어낸 근대적 글쓰기의 대표 양식이라고 할 수 있다.

이런 글쓰기를 가능하게 하는 것이 그 무엇도 아닌 만년필이라는 점은 특기할 만하다. 울프는 강철 펜촉을 다루기 귀찮아서 "워터맨 만년필에 정을 붙이게 되었다."라고 일기에 썼다. 만년필로 쓴다고 해서 고귀하고 심오한 생각을 더 잘 표현한다는 보장은 없다고 너스레를 떨면서도 꽤 만족스러운 속내를 내비치고 있다. 당시 만년필 가격이 저렴하지는 않았을 테니 작가로서 사치를 한번 부렸다고 볼 수도 있겠다.

워터맨 만년필은 1883년부터 제작되기 시작했는데, 1913년 획기적인 기술 개선이 이루어져서 한 번 잉크를 충전하면 많은 글을 쓸 수 있게 되었다. 이 '최신 필기구' 덕분에 울프는 1918년부터 훨씬 수월하게 원고 작업을 할 수 있었던 것으로 보인다. 1934년에 쓴 일기를 보면 새 워터맨 만년필의 잉크를 사러 갔다는 대목이 나오기도 한다. 이 만년필로 울프는 《보통의 독자》의 초고를 작성했다고 밝혔다.

이처럼 당시 워터맨 만년필은 오늘날 애플의 아이패드나 아이폰처럼 얼리어답터Early-adopter(새로운 제품 정보를 다른 사람보다 먼저 접하고 구매하는 소비자)의 상징 같은 것이었다. 그렇다고 울프의 만년필 애호를 겉멋으로 받아들이는 것은 잘못이다. 그에게 필기구의 발전은 글쓰기의 변화와 밀접한 관련이 있기 때문이다. 고대의 호메로스나 아이스킬로스처럼 입에서 입으로 생각을 전달할 수 있다고 믿는 시대라면 펜과 잉크는 필요 없을 것이다.

그러나 근대는 이들의 시대에 비해 너무도 복잡하고 다양해졌기에 일일이 기록하지 않는 한 정보를 보전하고 전달하기 힘들어졌다. 많은 양의 글을 쉽게 쓰도록 만들어준 만년필은 바로 이런 새로운 글쓰기 조건의 출현을 보여주는 상징적 물건인 셈이다.

울프는 이 같은 글쓰기의 조건에서 사적인 에세이가 출현했다고 분석했다. 울프가 새로운 글쓰기를 가능하게 만든 기술적 성취라고 본 만년필은 나중에 타자기로, 컴퓨터 워드프로세서로 바뀌었다.

글쓰기의 변화를 기술 발달과 관련지었다는 점에서 울프의 생각은 기술복제시대의 예술작품의 의미에 대해 질문한 독일 철학자 발터 베냐민Walter Benjamin의 문제의식을 떠올리게 한다. 베냐민의 문제의식은 그의 논문 〈기술복제시대의 예술작품〉 세 번째 판본에 인용한 폴 발레리Paul Valery의 예술론에서 이어진다. 발레리는 "엄청난 혁신이 예술의 기법 전체를 바꾸고 예술의 창작 과정에 영향을 끼치고, 결국은 예술 개념 자체를 바꿀 것"이라는 사실을 자각해야 한다고 주문했다.

예술은 선험적으로 주어진 초월적인 것이라기보다 인간 문명의 변화에 따라 달라지는 것이라는 진단이다. 만년필과 글쓰기를 연결하는 울프의 발상 역시 이런 생각에 바탕을 두고 있다. 그러나 발레리나 베냐민이 미처 생각하지 못한 지점을 울프가 포착해내기도 했다. 놀랍게도 울프는 당시에 이미 글쓰기 메커니즘을 두뇌 활동과 연결시켰다. 이런 관점에서 울프는 "나의 두뇌는 설명할 수 없는 기계장치"라고 말하기도 했다. 20세기 초에 이미 울프는 지금 우리에게 중대한 문제로 다가온 인공지능의 쟁점을 선구적으로 제기한 것이다.

인공지능 시대의 소설가

《사피엔스Sapiens》로 유명한 유발 하라리Yuval Noah Harari는 한 인터뷰에서 "만일 우리 모두가 동일한 허구의 이야기를 똑같이 믿는다면, 전혀 모르는 이들이라고 할지라도 수백만 명이 함께 협력할 수 있을 것"이라고 말했다. 하라리에 따르면, 인간을 초능력의 존재로 만드는 힘은 협력이고 이 협력은 '픽션'을 통해 이루어진다.

이런 의미에서 로클란 블룸Lochlan Bloom 같은 영국 작가는, 앞으로 인공지능이 우리의 생활 방식을 위협하는 것은 인간보다 기계가 사실 판정을 더 정확하게 하기 때문이기도 하지만 '픽션'을 만들어내는 능력이 훨씬 더 완벽하기 때문이기도 하다고 말한다.

어쩌면 인공지능은 소설가를 대체할 수 있을 것이다. 이 말은 단순히 기계가 소설가를 대신해서 글을 쓴다는 뜻이 아니다. 오히려 인공지능이 인간의 두뇌 작용과 연동해서 가장 효과적으로 감정선을 건드리는 이야기를 만들어낼 것이라는 뜻이다. 블록버스터 영화의 흥행 요소를 분석해서 차기 작품에 적용하는 과정을 생각해보면 이해하기 쉬울 것이다. 그러므로 인공지능 시대의 작가는 사라진다기보다 기계를 이용해서 창작의 목표에 가장 부합하는 이야기들을 속속 찍어낼 수 있게 될 것이다. 울프라면 이런 상황을 어떻게 받아들였을까?

울프는 이미 대답을 한 것 같다. 〈모던 픽션Modern Fiction〉이라는 에세이에서 울프는 "소설의 예술성이 살아서 우리 가운데 서 있다고 한다면, 아마도 그 소설의 여신은 틀림없이 우리에게 자신을 공경하고 사랑하는 것 못지않게 자신을 부수고 괴롭히라고 말할 것"이라면서 "그래야지만 소설은 다시 젊어지고 힘을 되찾을 것"이라고 말한다. 소설을 위해 정해진 소재는 따로 없다는 것이다. 어떤 느낌이나 생각도 소설로 쓸 수 있을 뿐만 아니라, 어떤 두뇌의 작용이나 정신의 특징도 소설에 담을 수 있다고 울프는 생각했다.

이런 울프의 생각은 한때 유행한 물리주의physicalism를 떠올리게 한다. 물리주의의 관점에서 보면 마음은 곧 두뇌의 상태다.《등대로》에 등장하는 램지 교수야말로 이런 생각을 하는 전형적인 물리주의자인데, 그는 흥미롭게도 "마음은 고깃덩어리에 불과하다."라고 발언한다.

이런 사실을 바탕으로 판단하자면, 분명 울프에게 자연주의적 요소가 없다고 말할 수는 없다. 울프가 궁극적으로 추구한 것은 사물 자체의 흐름으로 드러나는 소설이었다. 그래서 그에게 중요한 것은 '의식'이었다고 할 수 있다. 의식은 결코 한곳이나 한 시점에 머무르지 않고 끊임없이 작동하는 기억의 기계다. 이런 의미에서 울프는 소설을 회화보다 더 중요한 의식의 탐구 수단으로 생각했다.

그에게 소설은 사적인 글쓰기 차원에 머무는 것이 아니라 '진리'를 보여줄 수 있는 자연의 창문이었다. 여기에서 중요한 지점은 바로 진리일 것이다. 사적 에세이와 달리 소설의 목적은 바로 '진리의 드러냄'이다. 자아의 허위의식을 표현하는 것이 아니라, 그 아래로 흐르는 수많은 기억의 파편을 길어 올리는 것이 소설가의 일이라고 울프는 생각했다.

블룸이 서늘하게 제시하는 인공지능 시대에 이런 '진리'는 더 이상 필요 없을지도 모르겠다. 인공지능을 통해 만들어진 이야기는 일개 소설가가 쓴 소설보다 더 많은 독자의 공감을 얻을 수 있을 것이다. 더 많은 독자가 즐기면 즐길수록 이야기는 일정한 패턴으로 단순화하게 마련이다. 울프 역시 이런 상황을 썩 반기지 않겠지만, 아마도 인공지능이라는 조건이 만들어낸 변화한 글쓰기의 방식 자체를 거부하진 않을 것 같다. 오히려 만년필과 글쓰기의 변화에 대한 통찰이 잘 보여주듯이, 울프는 분명히 새로운 글쓰기로 초래되는 문제를 날카롭게 짚었을 것이다.

울프가 생각한 '모던 픽션'은 특정한 형식을 가졌다고 보기 어렵다. 오히려 그 특정한 형식을 허물고 자유롭게 대상에 다가가는 글쓰기야말로 모던 픽션이다. 이 '픽션'이 지향하는 것은 더 많은 이들과 공감하는 것이다. 이 공감은 기술의 발전에 따른 향상을 전제한다. 기술에 적대적이지 않다는 점에서 울프의 생각은 당대의 진보성을 반영한 것이라고 할 수 있다.

울프는 〈모던 픽션〉에서 허버트 조지 웰스Herbert George Wells와 아널드 베넷Arnold Bennett 같은 '유물론자들'을 비판했다. 이때 울프는 '소설 구조의 견고함'에 너무 집착하는 앞 세대 소설가들의 완고함을 염두에 두었다. 울프는 전통적인 소설 작법에 강력하게 반발했다. 그에게 근대는 단단한 구조를 가진 소설로 담아낼 수 없는 흐르는 세계였다. 급변하는 근대의 디테일을 잡아내려면 소설이 형식을 허물고 유연해져야 했다. 이런 의미에서 울프는 에세이 곳곳에서 오래된 것과 단절할 필요성을 역설하고 있다. 울프만큼 모더니즘의 이념을 비타협적으로 주장하고 실현해나간 아방가르드avant-garde(기성의 예술 관념이나 형식을 부정하고 혁신적 예술을 주장한 예술 운동 또는 그 유파)도 드물 것이다. 인상파의 피사로와 후기 인상파의 고갱 정도가 울프에 필적하지 않을까.

모던 픽션, 인공지능 시대를 예견하다

지금 우리는 기술 혁신에 따른 글쓰기의 변화 과정을 목도하고 있다. 오랜 세월 이야기 전달에 결정적인 역할을 했던 책이라는 매체가 쇠퇴하고 그 자리를 전자 기기들이 차지하고 있다. 나역시 이 글을 연필이나 펜이 아니라 컴퓨터 워드프로세서로 쓰고 있지 않은가. 머지않아 자판을 두드릴 필요도 없이 의식의 작용을 신호로 전달해서 글을 쓸 수 있는 시절이 올지도 모른다. 이렇게 기술 발달로 인해 '의식의 흐름'이 그대로 글쓰기로 옮겨진다면, 울프를 비롯한 모더니스트가 생각했던 미학적인 목표는 어떻게 되는 것일까?

울프는 인간의 고유성을 신뢰하지 않았다. 그가 추구한 미학은 주관을 배제한 객관의 운동이었다. 운동으로서 존재하는 세계를 그대로 담아내는 것이 예술이어야 한다고 울프는 생각했다. 거틀러의 말과 달리 의식을 너욱 풍부하게 담아낼 수 있는 문학이야말로 이런 목표에 부합하는 장르였다.

마음 깊이 박혀 있는 고통의 병증을 통해 울프는 질서 정연한 정신과 인간을 동일시하지 않았다. 그가 에드워드 시대의 작가들을 비판한 까닭이 여기에 있다. 내가 생각하기에 이런 비판의 백미는 바로 〈베넷 씨와 브라운 부인Mr. Bennett and Mrs. Brown〉이다. 이 에세이에서 울프는 아주 선명하게 근대의 특징 중 하나인 '익명의 세계'와 소설에서 그려지는 인물의 성격 문제를 다룬다.

논쟁의 발단은 베넷 씨가 신진 작가들을 품평하면서 요즘 작가들에게서 대가大家로 성장할 가능성을 거의 발견할 수 없다고 한 발언에 있었다. 울프는 이런 비판에 대한 반론으로 에드워드 시대의 베넷 씨가 알던 세상은 더 이상 없고 이미 현실이 바뀌었다고 대꾸하면서, 기성의 관념에 맞추어 요즘 소설을 읽으니 제대로 변화를 포착하지 못한다고 주장한다.

울프의 반박은 지금 이 시대에도 그리 낯설지 않다. 우리가 직면하고 있는 문제를 당시에 울프도 겪은 것이다. 기성세대는 자신들의 기준으로 가치를 평가하고 재단하게 마련이다. 괴테의 말처럼 전통의 숙달 뒤에 새로운 것이 온다는 견해도 무시할 수 없지만, 정작 새로운 것이 출현했을 때 무엇이 새롭고 무엇이 낡은 것인지 구분할 수 없다면 문제일 것이다. 오히려 베르톨트 브레히트가 말했듯이, "새로운 것은 낡은 세계의 환영을 받은 적이 없다."라는 말이 울프의 생각을 이해하기에 더 적절할 것이다. 새롭다는 것은 낯선 것이고, 기성세대가 수용하기 어려운 것이다. 이 간단한 역사의 교훈을 우리는 종종 망각한다.

인공지능에 대한 우리의 태도도 그렇지 않을까? 울프는 기계의 발전에 대해 굳이 그렇게 예민하게 굴 필요가 없다고 말해줄 것 같다. 글쓰기는 시대에 따라 바뀔 것이다. 소설의 목적이 '진리'를 보여주고자 하는 것이라면 기술의 발달과 글쓰기의 변화에 두려워할 필요는 없다고 울프는 담담하게 이야기하지 않을까 싶다.

그 옛날 만년필에 잉크를 채우면서 호메로스와 아이스킬로스의 시대보다 진보한 자신의 시대에 대한 확고한 믿음을 피력한 울프였으니, 문명의 발전을 더 나은 글쓰기의 조건으로 바라볼 것은 분명한 것 같다. 매 순간 날아서 흩어지는 현실의 파편을 따라잡는 기억의 기계로서 소설은 언제나 작동하고 있을 것이다. 오히려 인공지능이야말로 그 소설의 본질을 구현한 기계적 작동일지 모른다. 울프가 말한 '모던 픽션'의 시대는 이미 인공지능의 시대를 예견하고 있었다.

TO THE LIGHTHOUSE

VIRGINIA WOOLF

《등대로》, 글쓰기를 위한 일기 쓰기

《등대로》는 의식의 흐름 기법을 취하는 울프 소설 미학의 성취를 보여주는 작품이다. 울프는 이 소설을 쓰기 위한 각고의 노력을 일기로 기록했다. 일기가 와인이라면 소설은 와인을 정제한 코냑이라고 할 수 있다. 와인과 코냑이 전혀 다른 성질을 가졌듯이, 울프는 같은 재료를 다르게 가공해서 자신의 글쓰기를 구성했다. 《등대로》는 당대 사실주의 소설이 택한 시간의 흐름을 따르지 않고, 주인공 내면의 흐름을 따라서 이야기를 전개한다. 울프가 이 소설을 발표했을 때, 당대의 작가와 비평가 들은 생소한 형식에 당황했다. 그러나 오늘날 우리에게 이 소설은 마치 영화의 장면들처럼 다가온다. 울프의 미학은 미래를 예측한 실험이었다.

일기에 존재의 문제를 담다

우리가 초등학교에 들어가면 맨 처음 부여받는 과제 중 하나가 일기 쓰기다. 왜 그럴까? 그림으로 채워진 일기든, 자유롭게 쓰는 일기든, 일기는 기억을 재구성하는 중요한 수단이기 때문이다. 그런데 울프는 매일 일기를 썼다. 울프에게 일기는 무엇이었을까?

인간만이 기억을 저장할 수 있고 다른 사람에게 그 기억을 전달할 수 있다. 여기에 재구성은 필수적 과정이다. 재구성할 수 없는 기억은 저장할 수 없다. 인간을 다른 동물과 구별되는 존재로 만들어준 것은 상징적 이야기를 만들어내는 능력이었다. 일기를 쓰게 하는 것은 이런 인간의 능력을 증진하기 위한 교육인 셈이다.

그러나 울프는 단지 여성으로 태어났다는 이유로 학교 문턱에는 갈 수도 없었다. 이런 울프에게 일기는 단순하게 자신의 기억을 재구성해서 남기는 것 이상의 의미를 지녔을 것이다. 여성이라는 태생적 존재 조건은 울프에게 세계의 문제를 다른 시선에서 관찰하도록 했다. 그에게 일기는 바로 이런 존재의 문제를 실시간으로 드러내는 극장이었다.

어쩌면 세상에 영영 나올 수 없었을 내밀한 작가의 상상은 남편 레너드의 노력 덕분에 독자를 만날 수 있었다. 총 26권에 달하는 그의 일기를 편집해서 책으로 출간하면서 레너드는 "일기에 나오는 모든 내용이 작가 자신의 글쓰기에 대한 것"으로 "작가의 내면에 일어나는 예술 창작의 과정을 생생하게 보여주는 심상"으로 가득하다고 소개했다.

레너드가 밝히고 있듯이, 울프의 일기는 마치 렘브란트의 '자화상'처럼 글쓰기에 대한 작가의 태도 변화를 잘 보여준다. 그의 일기는 방대한 양 때문이 아니라, 매 순간 자신의 소설과 씨름한 울프의 모습을 증언한다는 점에서 흥미롭다. 앞서 이야기한 것처럼 일기는 그의 글쓰기에서 부가적이거나 주변적인 것이 아니라, 다른 글쓰기를 위한 인큐베이터 역할을 했다. 이런 의미에서 일기는 울프의 글쓰기에서 대체보충supplément이지 않았을까.

프랑스 철학자 자크 데리다Jacques Derrida는 철학적 사유와 글쓰기의 문제를 연결해서 대체보충 개념을 정교하게 다듬었다. '대리보충'이라고 번역하기도 하는 이 용어는 데리다가 루소에게서 차용한 것으로 텍스트에서 드러나지 않는 '맹점'을 끊임없이 은유나 환유로 대체하는 것을 지칭하기 위해 만들어낸 것이다. 쉽게 말해서, 어떤 텍스트든 언어를 매개로 하는 한 상징적인 교환이 이루어질 수밖에 없고, 이 상징 교환의 과정에서 결정 불가능한 지점이 있다. 무엇인가를 표현하려면 다른 하나를 포기해야 하는 것이다. 모두를 표현하면 텍스트는 중구난방으로 흩어져버릴 것이다. 이처럼 글쓰기는 개인의 의지를 통해 이루어진다기보다 끊임없는 대체보충을 통해 이루어진다는 것이 데리다의 견해였다. 이 말이 '의미의 미끄러짐'이라는 다소 현란한 표현으로 통용되기도 했지만, 데리다가 개념으로 만들어낸 이 글쓰기의 법칙은 기억을 전달하고 정보를 교환한다고 여겨지던 글의 기능을 근본적으로 해체하도록 만드는 결정적 계기를 제공하기도 했다.

울프의 일기는 이런 데리다의 개념을 이해하기에 적절한 사례를 제공한다. 완벽해 보이는 울프의 소설은 일기를 통해 끊임없이 보충되어 읽혀야 한다. 여기에서 보충이라는 개념은 단순한 여분이나 첨가를 의미하지 않는다. 텍스트를 만들어내기 위해 필수적인 것이다. 역설적으로 텍스트는 이 보충을 통해 만들어지는 것이라고 할 수 있다.

울프는 일기에 어떻게 《등대로》나 《올랜도Orlando》 같은 작품을 구상하고 수정했는지 명쾌하게 적어놓았다. 이런 진술을 가만히 뜯어보면 단순하게 작가의 창작 과정을 이해한다는 차원을 넘어서, 일기가 울프의 정신세계를 구성하는 결정적 매개였다는 사실을 알 수 있다. 이 관점에서 보면 그의 소설이 오히려 지엽적이고 단편적이라는 생각을 하지 않을 수 없다.

1926년 5월 7일 일기에서 울프는 다음과 같이 쓰고 있다.

"레너드는 사무실로, 나는 영국박물관으로 향했다. 차갑게 고요하고 신성하고 엄정한 영국박물관의 분위기가 좋다. 글로 쓰인 것은 위대한 이들의 이름들이다."

울프는 반복했던 일상을 일기에 간결히게 적었다. 울프에게 당시 영국박물관에 속하는 대영도서관은 정규 교육을 받지 못한 자신과 같은 이들이 지식을 얻을 수 있는 공간이었다. 부친의 서재에서 몰래 책을 읽던 어린 시절의 울프는 이제 대영도서관에서 책을 읽는 작가가 되었다. 이 짧은 문장에 담겨 있는 의미는 자못 심각한데, 울프는 당대의 작가들에게는 날카로운 비판을 가한 것과 달리, 도서관에서 읽을 수 있는 '죽은 작가들'에게는 경의를 표하고 있기 때문이다.

모더니스트로서 울프는 전통에 대한 거부감을 거침없이 표현했다. 이런 태도와 일기의 진술은 어딘가 일치하지 않는 것처럼 보인다. 그러나 여기에서 울프가 '쓰인 글'을 일컬어 '위대한 이들의 이름들'이라고 부른다는 사실이 중요하다. 그에게 중요한 것은 무엇보다도 글이다. 도서관은 그에게 비문을 기록한 보관소이지 살아 있는 '꼰대들'의 집합소가 아니다. 울프는 부친의 집에 모여들던 당대의 작가들을 비롯한 과거를 찬미하기에 급급한 전통주의자들을 싫어했다. 그러나 제임스 조이스처럼 끊임없이 삶을 실험하는 작가들에 대해서는 찬사를 아끼지 않았다.

현실의 복잡성에 비해 글은 집약적이면서 단순하다. 울프는 이런 문제를 너무도 잘 알고 있었다. 일기가 소설 쓰기를 위한 준비 과정이 아닌 이유도 이 때문이다. 레너드는 일기를 통해 작가의 창작 과정을 고스란히 볼 수 있다고 했지만, 역설적으로 울프의 일기는 소설이라는 미학 형식에 담기지 않았던 울프의 관찰을 보여준다.

같은 날에 쓴 일기에서 울프는 영국박물관을 방문한 후에 데이비드 허버트 로런스의 방문을 받았다고 기록했다. 로런스는 베를린을 방문하고 돌아오는 길이었고 언제나 그렇듯이 '차 한 잔'을 위해 들렀다가 울프와 몇 시간 이야기를 나누었다. 흥미롭게도 로런스는 독일에서 목격한 노동자 파업을 언급한다. 그는 독일 언론들이 노동자보다 정부 편을 들고 있다는 사실을 지목하면서, 만일 독일 정부가 노동자들을 성공적으로 제압하고 승리한다면 평생 노동자의 편에서 싸울 것이라고 이야기한다.

울프는 단순히 로런스에게서 들은 이야기를 일기에 적고 있는 것이 아니다. 일기를 통하여 로런스의 생각에 대한 자신의 견해를 밝힌 것에 가깝다. 울프의 모더니즘은 종종 미학적인 결과물이지 현실의 문제를 직접 다루는 것이 아니라고 알려져 있다. 그러나 일기가 잘 보여주듯이, 울프의 미학은 이미 현실의 정치와 밀접하게 연결되어 있었다. 로런스에게서 독일 노동자의 이야기를 듣고 전하는 일상인 울프와 문체의 경지를 끝까지 밀어붙이는 소설가 울프는 이질적으로 보이지만 사실상 같은 존재였다.

일기는 작품화하지 못한 '잡문'에 지나지 않는 것이 아니다. 작품으로 담아내지 못한 덜 정제된 재료도 아니다. 오히려 울프의 일기는 소설과 동등한 지위를 가진 독자적 장르다. 소설가 울프를 가능하게 만든 삶의 언어가 바로 일기라고 할 수 있다. 그래서 오히려 그는 일기에서 소설의 형식에서 벗어난 자유로운 마음을 실험했다. 에세이가 현상에 대한 분석을 전제로 하는 것이라면 그의 일기는 형식 자체로부터 자유로워 보인다. 한 주제에서 다른 주제로 넘어가는 것도 개의치 않는다. 생각나는 대로 기술하고 있지만, 그 기술은 현실의 전개다. 이 전개를 가능하게 하는 것은 그 무엇도 아닌 울프의 관찰이다.

제인 오스틴과 여성의 삶

물론 울프의 일기가 관찰의 결과를 꼼꼼하게 기록하는 수준에 머무는 것은 아니다. 예를 들어 울프는 1926년 2월 23일 일기에서 《등대로》를 쓰면서 이룩한 글쓰기의 진전을 고백한다. 울프는 《제이콥의 방》과 《댈러웨이 부인》을 쓰던 때와 달리 《등대로》를 쓰면서 집필 속도를 몇 배 높일 수 있었다고 말한다.

이 말은 무슨 뜻일까? 이제 글이 술술 써진다는 말이다. 그만큼 자신의 문체가 정립되어 표현력이 안정된 것이라고 할 수 있다. 여기에서 우리는 자신의 소설에 발전이 있다는 사실에 뿌듯해하는 울프의 모습을 떠올릴 수 있다. 새로운 실험을 시도하다가 드디어 자신의 소설을 장악한 소설가의 기쁨이 느껴진다. 더 나아가서 "오래된 깃발처럼 나는 펄럭였다."라는 표현은 울프의 모더니즘에 대한 하나의 단서를 준다. 그의 모더니즘은 전통의 부정을 뜻한다기보다 글쓰기의 의미 자체를 재구성하는 쪽에 가까웠다는 진실 말이다.

그 재구성의 방향은 '나의 의식'을 중심에 놓는 것이었다. 그러나 이 '나'는 근대 부르주아 미학이 옹호한 '성숙한 자아'를 의미하는 것이 아니다. 여성으로서 글을 쓰는 울프에게 '성숙한 자아'는 이미 남녀라는 균열을 은폐하고 있는 환상이다. 울프에게 글쓰기는 훨씬 적극적인 의미에서 '자기의 재구성'을 지향한다고 할 수 있다.

'자기의 재구성'이란 무엇인가? 우리는 태어나서 사회로 진입하는 순간 규율을 내재한다. 이 사회의 규율을 윤리라고 부를 수 있다면, 이 기준에 어긋나는 과잉의 욕망은 혼란을 일으킬 수 있다는 이유로 제거되어야 한다. 사회의 규율을 내면화한다는 것은 자발적으로 혼란의 요소를 배제하는 과정이다.

울프는 여성으로 태어났다. 여성으로 태어났다는 것은 여성으로 성장해야 한다는 사실을 전제한다. 여성으로 성장한다는 것은 무슨 의미일까? 울프가 태어나서 자란 당시 영국 사회의 분위기에서 여성은 마땅히 사회 규범에 따라 현모양처 역할을 해야 했다. 여성에게 허락된 것은 오로지 훌륭한 남편을 보필하는 현명

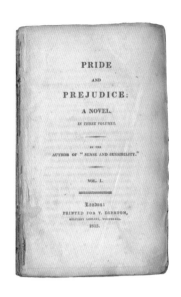

《오만과 편견》 초판.

한 아내가 되는 일이었다.

제인 오스틴Jane Austen의 소설 《오만과 편견Pride and Prejudice》에서 엘리자베스는 이런 관습의 규범에 저항하는 인물이다. 오스틴 역시 여성인 까닭에 여성에게 가해지는 부당한 규범을 민감하게 감지할 수 있었다.

엘리자베스는 평범한 외모이지만 지적 호기심이 왕성한 '책 읽는 여성'으로 그려진다. 이 주인공은 누구나 원하는 훌륭한 남편감인 콜린스의 청혼을 취향이 다르다는 이유로 거절한다. 당시 이 설정은 무척 파격이었다. 여성이 남성의 청혼을 거절하기 어려웠던 시대에 오스틴은 과감하고 당당하게 '아니요'라고 말하는 여성을 등장시킨 것이다.

그러나 이처럼 앞선 의식을 가진 오스틴조차 남성과 여성의 결혼을 여성이 궁극적으로 선택해야 할 이상적인 삶으로 생각했다는 점에서 관습의 토대 자체를 해체하지 못했다. 이 관습의 규범이 얼마나 완강했는지 알 수 있다. 오스틴의 소설《설득 Persuasion》에서 여주인공은 마침내 자신의 남편감을 선택하면서 훌륭한 해군 장교로서 국가에 봉사했으니 가정에서도 훌륭한 남편일 것이라고 확신한다.

울프는 이런 오스틴의 생각보다 훨씬 더 나아간다. 1924년 1월 30일《뉴 리퍼블릭 The New Republic》에 기고한 글에서 울프는 오스틴을 일컬어 "여성의 눈으로 다른 사람의 행복과 불행을 관찰한 작가"로 인정하면서도 후기 작에 가면 관찰보다 감정에 더 호소하는 경향을 보인다는 다른 비평가들의 지적에 동의한다.

그럼에도 울프는 '만일'이라는 단서를 붙이면서, 오스틴이 몇 년 더 살면서 런던 생활을 누렸다면 작품 세계가 완전히 달라졌을 것이라고 확신한다. 울프에게 도시의 삶은 여성에게 더 많은 경험과 기회를 주는 근대성의 조건이었다. 울프는 오스틴이 시대적 한계로 인해 성공의 문턱에서 세상을 떠났다고 진단했다.

오스틴에 관해 이야기할 때 울프는 자신의 모습을 돌아보았을 것이다. '여성' 작가로서 울프는 과거의 관습에 얽매여서 지금 여기에서 벌어지고 있는 변화를 읽어내지 못하는 고리타분한 비평가들에게 일일이 반론을 제기했다. 당대의 평단과 각을 세우는 울프의 결기를 확인하는 것은 어렵지 않다. 모더니즘을 여성해방의 문제로 보았다는 점에서 울프는 단연 돋보인다.

울프의 모더니즘은 '신여성'이라는 남성적 시선의 대상화에 머무르지 않고 적극적으로 여성의 관점에서 세계를 재구성하려는 시도였다. 여기에서 여성의 관점은 단순하게 남성과 형평성을 고려해서 여성의 역할을 재규정하는 것에 머무르지 않는다. 오히려 더 나아가서 남녀라는 구분 이전의 상태를 전제하는 것이다.

사회에 진입해 남녀로 나뉘는 순간, 이미 차이는 존재에 깊숙하게 새겨진다. 이 차이를 차별로 만드는 사회제도가 바뀌어야 한다는 생각은 지극히 상식적이다. 그래서 울프는 여기에 만족하지 않고 여성을 여성이게 만드는 규범 자체를 재구성하고자 했다.

시대의 진실을 보여주는 파노라마

울프는 대표적인 모더니스트 작가로 알려졌고, 그의 문체는 강박적일 만큼 세밀한 미학적 구성을 보여주는 것으로 정평이 나 있다. 그러나 울프의 작품 세계를 파고들어 가면 그의 모더니즘은 지극히 현실적인 당대의 문제에 대한 대응이었다고 볼 수도 있을 것이다.

울프를 모더니스트 작가로 분류하고 그의 작품을 대중문화와 다른 고급문화로 규정하는 관점은 이 지점에서 설득력을 잃는다. 울프의 일기는 그의 소설들이 딱히 무엇이라고 규정하기 어려운 일상의 체험과 뒤섞여 있다는 사실을 증명해준다. 이런 울프의 모더니즘을 적절하게 설명해주는 철학자가 바로 자크 랑시에르 Jacques Rancière일 것이다.

랑시에르는 서로 다른 문예사조들을 명쾌하게 구분하는 것에 반대한다. 담론의 이행이나 단절이 일순간에 가능하다고 생각하지 않는다. 대신 랑시에르는 경험의 축적물로서 '체제régimes'라는 것이 존재하고 이 체제에 따라 어떤 특정한 미학을 우리가 구성하게 된다고 말한다. 그러니까 어떤 사조가 있는 것이 아니라 미학 체제라고 불리는 경험의 축적물이 있는 것이다. 랑시에르에게 미학 체제는 어떤 목적성을 가지지 않는다. 다만 '인식할 수 있는 감각'을 서로 나누어 가진 합의의 구조라고 할 수 있다. 당연히 이 구조는 언제든지 다른 감각의 출현을 통해 바뀔 수 있다.

이 다른 감각의 출현은 무엇일까? 비판적 사고의 담지자인 주체일 것이다. 랑시에르에게 이 주체는 '데모스demos'라는 국민도 아니고 개인도 아닌 과잉의 분출로 출현하며, 이 사건은 미학 체제의 핵심에 자리 잡는다. 미셸 푸코가 '담론'을 설정하고, '권력/지식'의 결합에 드리운 어두운 계몽의 그늘을 지적할 때, 랑시에르는 명명과 해석의 차원과 다른 '혁명'이 그 체제에 내재해 있다는 사실을 밝히고자 하는 것이다. 랑시에르가 제시하는 역사 기술 방법은 '거울을 통해 보기'에서 확인할 수 있는 '자기의 발견'이라고 할 수 있다.

모더니즘이 미학이라면 이 미학의 기저에 흐르는 감각들은 그 모더니즘의 목적론을 배반한다. 랑시에르는 《아이스테시스

Aisthesis》라는 책에서 1764년부터 1941년에 이르는 예술사를 자신의 방식대로 재정립한다. 일반적으로 모더니즘의 시대로 불리는 이 시기는 산업혁명과 겹치는 시대이기도 하다. 총 14개 꼭지로 구성된 이 연구에서 랑시에르는 해당 사회에 지배적이었던 취미 판단의 문제를 고찰한다. 랑시에르는 이런 예술의 맥락을 일컬어 '아이스테시스'라고 명명하는데, 원래 이 용어는 아리스토텔레스가 사용한 것이다.

이 책에서 랑시에르가 다루고 있는 주제는 크게 두 가지다. 첫 번째는 서로 다른 예술들(고급예술과 저급예술 또는 예술과 삶) 사이에서 일어나는 탈경계의 경향이다. 이를 통해 랑시에르는 모더니즘의 시대라는 통념에 대한 대안 역사를 제시하거나, 그에 대한 급진적인 수정을 가하고자 한다. 두 번째 주제는 예술의 영역에서 발생한 변화로 인해서 초래되는 광범위한 사회적 변화에 대한 것이다. 랑시에르에게 사회혁명은 미학적 혁명의 딸이다.

랑시에르는 이를 증명하기 위해 고급예술뿐만 아니라 문학과 음악, 공연, 영화, 장식예술 그리고 카바레 문화까지 다양한 사례를 제시한다. 일반적인 미학의 발전사는 사실상 포괄적인 문화사일 수밖에 없기 때문이다. 이런 의미에서 모더니즘은 대중문화와 대립한다기보다 그 영향 아래에서 출현한 미학 체제인 셈이다.

따라서 대중문화와 모더니즘, 다시 말해 대중문화와 고급예술의 차이는 생각보다 그렇게 크지 않다. 오히려 서커스나 슬랩스틱코미디 같은 대중문화가 있었기에 모더니즘도 가능했다. 근대

사회에서 자유는 여가 계급의 특권이었고, 여가를 낮은 계급까지 확대하고자 하는 것은 도발적이면서 평등주의적인 제스처였다. 모더니즘의 출발점은 이런 평등주의였다고 할 수 있다.

울프의 일기는 이 가설을 생생하게 증명한다. 울프만큼 랑시에르의 규정에 부합하는 작가도 드물지 않을까 싶다. 울프야말로 모더니즘의 본질을 누구보다 잘 파악했을 뿐만 아니라, 자신의 신념으로 내면화하고 실천했던 작가일 것이다. 이런 의미에서 그의 일기는 소설로 만들어지지 못한 이야기의 편린이라기보다 이 형식에 담아낼 수 없는 더 큰 이야기의 덩어리였다고 할 수 있다.

울프의 삶은 곧 글쓰기였다. 그의 삶은 오롯이 글쓰기로 이루어져 있었다. 스스로 목숨을 끊기 전날까지 울프는 일기를 썼다. 3월 24일로 날짜를 잘못 쓴 그날의 일기는 의사이자 친구인 옥타비아 윌버포스를 브라이턴에서 만난 기억을 기록한 것이었다. 남편 레너드는 아내의 우울증을 치료하기 위해 브라이턴에 있는 옥타비아의 자택으로 울프를 데려갔다. 그러나 그다음 날 울프는 결국 세상을 떠나고 만다. 레너드의 노력은 결실을 맺지 못한 셈이다.

그런데 이상하게도 울프는 이 마지막 일기 어디에서도 비극적 죽음을 암시하지 않았다. 평소 일기에서 밑 모를 자신의 우울을 토로하던 울프의 모습은 여기에 없다. 오히려 그는 담담하게 전쟁에서 죽은 옥타비아의 두 아들에 대한 사연을 전하면서, 의욕적으로 1900년대 영국 청년들의 이야기를 해봐야겠다는 작품 구

버지니아 울프의 의사이자 친구인 옥타비아
월버포스.

상을 밝히고 있다. 이 일기를 쓸 때 울프는 '쓰는 자'로서 완벽한 행복감에 젖어 있었다고 할 수 있다. 울프는 이 행복한 '쓰는 자'인 동시에 현실에서 숱한 외상으로 고통스러워한 자이기도 했다.

말년에 울프는 깊어가는 마음의 병에 시달렸지만, 한편으로 글로벌화한 세계의 문제에 끊임없이 호기심을 드러냈다. 이런 그가 더 이상 고통을 이기지 못하고 차가운 물속으로 사라진 것은 정말 애석하고 안타까운 일이다.

이 같은 비극을 보상하기라도 하듯, 그의 일기는 지금까지 남아서 위대한 한 여성의 정신을 우리에게 전하고 있다. 그의 일기는 개인의 일대기를 넘어서 교차하는 시대의 진실을 보여주는 거대한 파노라마라고 말해도 손색이 없을 것이다. 일기에는 여성으로서, 지식인으로서 살아갔던 한 작가의 일생이 고스란히 녹아 있다.

울프의 일기는 우리에게 글쓰기의 필요성을 절실하게 알려준다. 일기를 쓰는 행위는 사치라기보다 필수라고 해야 할 것이다. 오늘날 우리도 매일 어디엔가 쓴다. 쓰는 행위가 종이로 만든 일기장이 아니어도 그것의 의미가 퇴색하는 것은 아니다. SNS는 '쓰는 자'로서 인간의 본성을 기술로 구현해놓은 매체라고 할 수 있겠다.

인터넷 게시판에서 SNS로 변화해온 쓰기의 기술은 앞으로도 계속 확장·발전할 것임이 틀림없다. 울프는 이런 진보를 확신했다. 그의 일기는 이런 확신을 증명하는 것이기도 하다. 당대의 문화를 섬세하게 분석하고 직관적으로 읽어낸 그의 글쓰기는 일기의 모범을 보여준다고 할 만하다. 그의 일기를 읽으면서 우리도 자연스럽게 펜을 들어보면 어떨까? 덧없이 스쳐가는 삶의 체험을 수집하고 정리하는 과정이 곧 살아가는 것의 의미라는 사실을 울프는 일기를 통해 말하고 있다.

VIRGINIA WOOLF

Night and Day

NINE SHILLINGS NET

《밤과 낮》, 대중이라는 괴물

그동안 《밤과 낮》은 울프의 작가 이력에서 중요하지 않은 태작(駄作)으로 평가받았다. 그러나 울프는 《밤과 낮》이 이보다 앞에 썼던 작품들과 비교해서 훨씬 깊이 있는 주제를 다룬다고 밝혔다. 이 작품은 마음의 병을 앓고 있던 울프가 회복기에 쓴 작품이기에 그의 이야기가 많이 담겨 있으며, 일반적으로 자전적 소설이라는 평가를 받는다. 다른 작품들에 비해 《밤과 낮》은 실험성이 떨어진다. 소설의 구성이나 전개도 전통적인 기법을 따르고 있어 울프의 작품 중 가장 쉽게 읽힌다. 이런 측면에서 《밤과 낮》은 그의 실험이 하늘에서 뚝 떨어진 것이 아니라, 소설의 전통에 뿌리를 두고 있다는 사실을 보여준다.

대중의 시대가 도래하다

　버지니아 울프가 살았던 시대를 관통하는 키워드를 꼽자면 아마도 대중이 아닐까 싶다. 대중의 시대는 놀라운 변화의 시대이기도 했다. 울프에게 대중은 새로운 시대를 만들어내는 주역이자 그 시대를 혼란에 빠뜨리는 당사자이기도 했다.

　울프만 이런 생각을 했던 것은 아니다. '노트르담의 꼽추'라는 제목으로 번역되기도 하는 빅토르 위고Victor Marie Hugo의 소설《파리의 노트르담Notre-Dame de Paris》은 1482년 1월 6일에 있었던 '주현절(공현절)'과 '광인절'에 대한 묘사로 시작한다. 축제를 맞이해서 들뜬 군중의 모습이 위고의 생생한 문체로 고스란히 되살아난다.

　　군중은 도시의 도처에서 아침부터 집과 가게를 닫고 세 곳 중 한 곳을 향해 몰려가고 있었다. 각자가 자기 갈 곳을 정했다. 파리 하층민의 선의를 생각해서 말해두자면 이 군중 대부분은 계절별로 이루어지는 불꽃놀이를 구경하러 가거나, 따뜻하고 안락한 시청 대강당에서 열리는 연극을 보러 가거나 했던 것인데, 브라크 예배당 묘지에서 헐벗은 5월제 기둥이 1월 하늘 아래 떨면서 서 있는 것은 모두들 약삭빠르게 외면해버렸다.[1]

위고의 서술에서 눈길을 끄는 것은 바로 이 군중이 "각자가 자기 갈 곳을 정했다."라는 표현이다. 단테가 내뱉고 마르크스가 번주한 것처럼, 또는 베토벤이 곡을 붙인 실러의 시에 등장하는 '운명'처럼, 군중은 각자의 궤도를 따라 '남이야 뭐라든지' 자기의 길을 가는 것이다. 이 광경이야말로 새로운 시대의 도래, 즉 근대의 임박을 보여주는 스펙터클이라고 할 수 있다.

위고에게 이 군중, 다시 말해 대중은 새로운 시대를 몰고 오는 주체였지만 아직 교육을 받지 못한 인간성의 원석이었다. 이 원석은 혁명을 통해 정련되어 최고의 주권자로 태어날 것이기에, 그는 이 장엄한 역사의 행진을 찬미했다.

그렇다면 울프에게 대중은 어떤 존재였을까? 대중은 무엇보다 시대의 산물이다. 울프는 이 사실을 너무도 잘 알고 있었다. 이 지점에서 지금까지 알려진 울프와 상당히 다른 모습을 발견할 수 있다고 생각한다. 단순히 '여류 작가'가 아니라 민주주의에 공감한 지식인으로서 그를 다시 인식할 필요가 있는 것이다. 무엇보다도 그는 대학에 문학과가 등장하던 시절 전문가가 아닌 '보통의 독자'에게 문학 읽기를 교육해야 한다고 생각한 선구자이

《파리의 노트르담》을 쓴 빅토르 위고.

기도 했다. 위고의 역사철학에 등장하는 무시무시한 괴물의 힘을 가진 대중은 배움을 통해 비로소 민주적 주권자가 될 수 있다. 울프는 이 배움의 문제를 대학이라는 제도를 벗어나서 생각했다.

지식인의 교양을 이른바 대중에게 교육한다는 것은 모순적인 일임이 틀림없다. 특히 지금처럼 기술이 발달하고 지구적인 삶의 지평이 펼쳐진 상황에서 울프의 이 말은 너무 순진하게 들릴지도 모른다. 지식인의 교양이나 관심은 대중에게 무의미할 수도 있다.

그러나 울프 역시 이를 깊게 고민했다. 그가 고안한 '보통의 독자'는 이런 문제의식을 품고 있는 개념이었다. 울프는 '고급 모더니즘'을 실천하던 작가이자 민주주의와 교양 교육의 옹호자였다. 그는 서로 다른 두 영역을 하나로 연결하기 위해 묘책을 찾고자 했다. 울프가 살았던 시대의 쟁점은 보통선거권의 도입, 노동계급과 여성에 대한 평생교육의 확대, 대중 출판의 성공이었다. 서로 다른 것처럼 보이는 세 범주는 민주주의라는 하나의 가치를 공유하고 있었다.

대학에 문학과가 설립되면서 전문가와 일반 독자 사이에 격차가 생겼다. 울프의 시대에 벌어진 논쟁은 오늘날에도 여전히 유효하다. 이 문제는 결국 대중매체 시대에 어떻게 비평적 읽기와 사고를 할 수 있는지에 대한 고민을 내포한다. 울프가 이야기한 '보통의 독자'는 이런 논쟁에 대한 개입이라고 할 수 있다. 학계에서 점점 증가하고 있던 전문화와 객관적 방법론에 대항해서 울프는 아마추어의 읽기를 지지했다. 물론 이는 전문성에 갇히지 않는 자유분방한 비평을 의미한다.

울프는 엘리트주의자인가

울프는 도서관에서 책을 즐겨 열람했다. 비단 작가이기에 이런 일상을 되풀이했던 것은 아니다. 그의 시대에 공공 도서관은 새로운 문화의 촉매제였다. 울프는 이 새로운 문화를 근대성이라고 파악했다. 그가 공공 도서관을 통해 '보통의 독자'라는 개념을 만들어냈다고 볼 수도 있다.

개인 출판사를 통해 책을 출판하고 공공 도서관에 공급해서 독자를 만나는 것이야말로 지극히 근대적인 지식 생산 방식이다. 정규 교육의 외곽에서 울프는 자기만의 독서 페다고지pedagogy(교육학)를 제시한 것이다. 지금 생각해도 대단하다고 말하지 않을 수 없다. 다양한 방식의 여성 차별이 존재하던 시대에 끊임없이 마음의 병에 시달리면서도, 울프는 자기 세계에 매몰되지 않고 사회로 눈을 돌려 대중 교육의 문제까지 거론했기 때문이다.

울프의 페다고지는 정규 교육에 대한 대안이었다고 말할 수 있다. 울프의 에세이는 바로 이런 취지에서 탄생했다. 그는 글쓰기를 통해 계급 없는 사회, 민주주의의 이상을 진작시키고자 했을 뿐만 아니라 그 이상을 달성하는 구체적인 방법도 제시했다는 점에서 실천적이다.

실천적 지식인으로서 울프를 평가하는 것은 지금까지 이루어진 비평의 관례를 위배하는 것처럼 보인다. 영문학 연구에서는 대체로 울프를 엘리트주의자이고 당대 현실에 대해 무관심한 모더니스트 작가였다고 평가한다. 자기 자신을 상품화한 '미학적인 자본가'였다는 주장도 있다.

그러나 이런 비판은 페미니즘을 공공연하게 천명하면서 대중사회의 양상을 객관적으로 파악하려고 했던 울프의 노력에 비추어보면 설득력을 잃는다. 문제는 엘리트주의일 텐데, 이 역시 대중문화라고 불릴 수 있는 '공유 문화'가 없던 당시의 상황을 고려한다면 이해할 만한 일이다. 당시 문화 생산은 아무래도 귀족과 부르주아계급의 취향에 쏠려 있었기 때문이다.

이런 맥락에서 울프의 글쓰기는 상당히 전략적으로 이루어졌다. 앞서 이야기했지만, 울프의 글은 일기와 소설, 에세이로 분류할 수 있다. 셋은 따로 존재한다기보다 서로 밀접하게 관련되어 있다. 일기는 자기 자신의 치유를, 소설은 수준 높은 미학을, 에세이는 민주주의의 발전과 확장을 지향했다고 할 수 있다. 특히 에세이야말로 이런 울프의 참여 의식, 다시 말해 정치성을 드러내는 결정적 증거물이라는 생각이다.

울프는 대중이 문학작품을 읽음으로써 수준 높은 독자로 성장할 수 있다고 믿었다. 이렇게 성장한 대중의 존재가 민주 사회를 만드는 관건이라고 보았던 것이다. 그는 당대 문제에 대한 자신만의 이론을 가지고 있는 보기 드문 지식인 작가였다. 울프를 소설가로 한정해서 영문학 연구의 대상으로 삼기에 그의 업적은 훨씬 다양하고 복잡하다.

울프가 책을 읽은 방식은 지금 보더라도 전혀 시대에 뒤처지지 않는다. 그의 에세이는 성급하게 결론을 내리기보다 시종일관 질문을 던지는 방식으로 구성되어 있다. 이 질문은 울프 자신의 이론에 근거한 것이다. 그가 질문을 던지는 까닭은 이론을 더욱 정교화하기 위함이다. 질문을 통해 이론을 만들어낸다고 해서 추상적인 개념만을 나열한다는 뜻이 아니다. 그는 구체적인 작품 분석을 통해 이론적 고찰을 시도한다.

울프는 오늘날 그 자취를 찾아보기 어려운 '유기적 지식인

Organic intellectuals'의 원형을 보여준다는 점에서 재평가할 만하다. 유기적 지식인이란 이탈리아 사상가 안토니오 그람시의 개념으로, 전문 영역에 매몰되지 않고 사회적 쟁점에 대해 적극적으로 발언하는 전방위 지식인을 말한다. 내 생각에는 이 같은 유기적 지식인으로 울프를 재조명하면 그동안 발견할 수 없었던 그의 새로운 면모를 발견할 수 있을 것이다.

울프는 분명히 대중문화에 대해 긍정적인 태도를 보이면서도 상품화에 대한 비판적 입장을 견지했다. 우리에게도 익숙한 '식자층'이라는 말이 탄생한 것이 1920~1930년대였다. 그러나 용어와 상관없이 중요한 문제는 바로 지식인과 일반 독자 사이의 관계다. 일반 독자, 울프식으로 말하자면 '보통의 독자'는 학자에 대항해서 지식인이 포괄하고자 하는 대중인 셈이다.

울프에게 대중은 지식인과 밀접한 관련을 맺고 있는 존재다. 그는 이런 지식인 또는 비평가의 부재를 개탄하기도 한다. 〈동시대인에게 충격을 안기는 법How it strikes a Contemporary〉에서 울프는 조지프 콘래드Joseph Conrad의 예를 들면서 '이국적인 재능'이 주의를 끌지만 합당한 대접을 받지 못한다고 지적한다. 이처럼 울프는 동시대 작가들이 분투하고 있긴 하지만 동시대인들에게 강력한 영향을 미치는 작가는 없다고 진단한다. 위대한 비평가의 부재도 한몫했다. 자신이 떠들고 있는 말을 확신할 수 없는 시대를 바라보는 울프의 마음은 착잡한 것처럼 보인다.

울프의 독서법

〈책을 어떻게 읽어야 할까?How Should One Read a Book?〉라는 에세이에서 울프는 책의 범람을 이야기한다. "누구 집이나 방에 책이 넘쳐난다."라고 말하면서 이 많고 다양한 책들을 어떻게 읽을지 고민할 수밖에 없다고 말한다.

각자의 책은 각자의 의미를 담고 있는 다양체의 집합이나. 특정한 책을 선택하기에 우리의 성정은 변덕스럽고 즉흥적이다. 시와 소설이 다르고 전기 또한 다른 장르다. 당연히 다르게 읽기가 필요하다고 울프는 역설한다. 어떻게 각기 다른 장르들을 읽을 것인가? 이 질문에 대해 구체적인 요령을 제시하는 것이 이 에세이의 특징이다.

울프는 책을 잘 읽으려면 마치 자신이 그 책을 쓰는 것처럼 읽어야 한다고 조언한다. 법정에 앉아 있는 판관이 아니라 법정에 선 피고인처럼 책을 읽으라는 말도 한다. 그러니까 피고인은 판관의 눈초리를 피해 이야기를 지어내야 한다. 책을 수동적으로 읽지 말고 능동적으로 읽으라는 뜻이다. 울프는 법정에 선 범인의 공모자가 되어야 한다고 주문한다.

정말 흥미진진한 독서법이다. 어떤 책을 다시 쓰는 느낌으로 읽는다고 상상해보자. 확실히 책을 읽는 방식이 달라질 것이다. 의미를 파악하기 위해 열심히 머리를 굴리는 것이 아니라 자신이 작가라고 생각하고 책을 어떻게 쓸지 요리조리 뜯어본다면 독창적인 독서를 할 수 있을 것이다.

울프의 독서법은 무엇보다도 대중을 어떻게 교육할 것인지 고민하다 나온 결과물이다. 이 사실에 주목할 필요가 있다. 울프는 대중의 교육을 지식인의 가장 중요한 임무로 여겼고, 작가와 비평가는 이런 임무에 충실해야 한다고 믿었다.

울프는 근대의 특징을 대중의 출현에서 찾았다. 앞서 이야기했듯이, 울프는 근대에 대해 낙관적인 견해를 피력했다. 여러 문제가 있음에도, 분명한 것은 근대가 과거와 비교해서 작가들에게 많은 자유를 허락하고 풍부한 표현을 가능하게 만들어주었다는 사실이다. 이 점을 예로 들면서 울프는 근대의 결과를 긍정한다.

지금까지 대중의 출현이 문화의 하향 평준화를 가져올 것이라는 우려에 울프가 동조했다는 것이 중론이었다. 확실히 울프를 엘리트주의적 모더니스트로 볼 여지가 있다. 그러나 울프가 에세이를 통하여 개진하고 있는 의견이나 '보통의 독자'에 대한 애정을 살펴보면, 그가 표방한 엘리트주의를 다시 생각해볼 필요가 있다.

울프는 인쇄물의 범람과 매체의 창궐이 대중과 문학 사이에 가로놓여 있던 문턱을 낮추었다고 믿었다. 그러나 이것이 반드시 바람직한 결과를 낳는 것은 아니라고 보았다. 분명히 울프는 쇄말주의trivialism(본질은 탐구하지 않고 사소한 문제를 상세하게 서술하려는 태도)로 흘러버리는, 덧없는 일상의 체험을 아무런 원칙 없이 나열하는 지리멸렬한 글쓰기를 비판했다.

울프는 비평적인 관점을 뚜렷이 견지하면서 근대의 장점을 낙관적으로 기술하는 것을 에세이의 목표로 삼았다. 당대를 짓누르는 전통이라는 이름의 습속과 대결하며, 울프는 돋보이는 성취를 이룬 새로운 세대의 작가들을 격려했다. 그는 고리타분한 관습과 싸우는 전투의 최전선에 항상 서 있었다.

이런 울프에게 대중은 이중적인 면모를 가질 수밖에 없었다. 위고에게 그랬던 것처럼, 대중은 새로운 시대를 여는 주역이자 근대의 성취를 파괴하는 가공할 괴물이기도 했다. 그는 이 괴물을 길들이는 데 골몰했다. 울프는 실천적 지식인이었다. 독서가 대중을 지적으로 고양할 것이라고 확신했다. 왜냐하면 울프 자신이 독서를 통해 성장했기 때문이다. 자신의 생애가 훌륭한 증거물이었던 것이다.

울프는 분명 '식자층'에 속했지만 대학 문턱에는 간 적이 없었다. 그를 '식자층'으로 만들어준 것은 바로 독서였다. 울프는 자신의 처지를 대중의 처지와 동일시했다. 자신도 독서를 통하여 '식자층'이 되었기 때문에 다른 이들도 그렇게 될 수 있다고 확신했다.

이런 생각을 울프만 했던 것은 아니다. 울프가 살았던 시대에는 노동계급 교육을 둘러싼 논쟁이 활발하게 일어났다. 영국의 사회비평가이자 경제사학자인 리처드 토니Richard Henry Tawney는 1914년 〈민주주의 교육 실험An experiment in democratic education〉이라는 에세이를 출판해서 반향을 불러일으켰다. 토니는 윤리적 사회주의자였고, 노동자도 인간다운 삶을 영위하기 위해 교육받을 권리가 있다는 주장을 펼쳤다.

비슷한 주장을 자유지상주의적 사회주의자인 조지 콜^{George Douglas Howard Cole}에게서 발견하는 것은 어렵지 않다. 민주주의를 정치의 기본 원리보다 더 중요한 것으로 파악한 콜 역시 새로운 시대를 만들려면 교육 권리를 확대할 필요가 있다고 역설했다.

이들의 주장과 울프의 입장은 크게 다르지 않아 보인다. 오히려 울프는 이들이 내세우는 '노동계급의 교육 권리 확대'라는 거시적인 제안보다 지금 당장 실행할 수 있는 더 구체적인 실천 방침을 제시했다는 점을 알 수 있다. 울프는 '보통의 독자'에게 독서 방법을 알려줌으로써 학교라는 제도 개혁과 병행하는 방법을 구상한 것이다.

이런 울프의 생각이 다소 이상적으로 들리긴 하지만 공허하다고 말할 수는 없다. 실제로 울프와 같은 생각으로 공공 도서관 운동을 주도한 이들이 이미 있었기 때문이다. 19세기 비평가인 존 러스킨이 대표적이다. 그는 사재를 털어서 도서관과 박물관을 건립하여 노동계급에게 교육의 기회를 부여하고자 했다.

지금까지도 영국은 독서 습관을 들이기 위한 교육을 유치원부터 실시하고 있다. 하루 일과가 끝날 무렵 영국 초등학교는 책 읽기 시간을 가진다. 대개 선생님들이 책을 읽어주는데, 이 교육이 만든 베스트셀러가 바로 '해리 포터' 시리즈다.

민주주의를 위한 '보통의 독자'

울프가 생각한 독서를 통한 대중 교육은 분명 실현 가능했다. 교육과 민주주의를 연결하는 이런 발상을 했다는 점에서 울프는 사회 참여에 큰 관심을 가졌던 지식인이라고 할 수 있다. 여기에서 우리는 사회문제에 무관심한 엘리트주의적 모더니스트 작가라는 그동안의 평가와 사뭇 다른 울프의 면모를 확인할 수 있다.

울프가 교육 권리의 확대를 통해 대중을 교육하고 민주주의를 심화시킬 필요성에 대해 심사숙고한 것은 확실한 사실이다. 그러나 울프는 세간에서 운위하던 민주주의라는 말을 그대로 갖다 쓰지 않았다. 그에게 민주주의는 두 겹으로 나뉘어 있었다. 이런 인식에서 그는 대문자 민주주의Democracy와 소문자 민주주의democracy를 구분한다.

《밤과 낮Night and Day》에 등장하는 '민주국가의 몇몇 양상Some Aspects of the Democratic State'이라는 표현이나 '민주주의 교육을 위한 모임Society for the Education of Democracy' 같은 명명의 경우 대문자 민주주의를 사용한다. 이때 민주주의는 형식적인 제도를 의미한다. 예를 들어 여성 참정권 확립, 노동계급을 위한 의무교육, 자본주의의 극복 같은 문제가 여기에 해당한다.

이에 반해 소문자 민주주의는 개인과 공동체의 일상과 관련 있다. 이런 관점에서 울프는 "최고의 예술작품은 평범한 이들과 어울리는 사람들을 통해 만들어진다."라고 말한다. 당대의 엘리트주의적인 경향에 대한 비판에서 울프는 미국 시인 월트 휘트먼Walt Whitman의 《풀잎Leaves of Grass》 서문을 거론하면서 "설교자들의 시대는 종언을 고하고 새로운 질서가 도래할 것"이라고 선언하며, "이제 곧 인간의 설교자들이 올 것이고 그렇게 만인은 자기 자신을 위한 설교자가 될 것"이라고 말한다. 여기에서 울프는 휘트먼의 메시지에 공감하면서 평등주의자의 면모를 드러낸다.

휘트먼에 대한 에세이에서 울프는 '보통의 독자', 더 나아가서 '보통의 작가'를 향한 평등주의적인 속내를 고스란히 드러낸다. 그러나 휘트먼에 공감했다고 해서 울프가 '민주국가'라는 표상을 맹목적으로 신뢰했다고 말할 수는 없다. 울프는 분명 다른 결을 가지고 있었다. 무엇보다도 그는 대영제국에서 날카로운 언어를 벼리고 있던 작가였다. 민주주의라는 말에 함의되어 있는 이중적인 의미를 간파하고 있었던 것이다. 이런 울프의 생각은 1924년에 출판한 에세이 〈웸블리의 천둥Thunder at Wembley〉에서 잘 드러난다.

1924년 영국 웸블리에서 대영제국 전시회가 열렸다. 이 전시회는 공식적으로 대영제국의 식민지 경영과 제국주의의 성공을 기리는 행사였다. 이 행사에서 영국 왕 조지 5세의 연설이 세계 최초로 전파를 타고 전 세계로 생중계되었다. 8만 명 넘는 인파가 스타디움에 모여들었다. 기존에는 전혀 없었던 스펙터클한 대중의 출현이었다.

전시는 완벽하게 기획된 것들로 채워졌다. 울프의 묘사에 따르

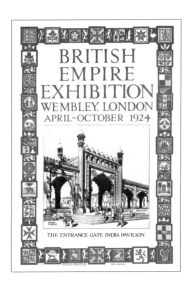

1924년 대영제국 전시회 포스터.

면, 철저하게 대중에게 쉽게 다가갈 수 있도록 만들어진 것들이
었다. 그런데 완전무결해 보였던 행사는 갑자기 불어닥친 돌풍으
로 순식간에 아수라장으로 변해버렸다. 울프의 에세이는 이 장면
을 그리고 있다. 흥미롭게도 울프는 웸블리를 폐허로 만들어버린
이 자연과 대중을 동격에 놓는다. 위풍당당하게 휘날리던 대영제
국의 깃발은 돌연 초라한 행색으로 흙탕물을 뒤집어쓴다. 스타디
움에 모여 있던 거대한 군중은 돌풍을 맞아 삽시간에 물결처럼
쓸려 다닌다. 이 허망한 제국의 몰골을 울프는 차갑게 관찰했다.

　그럼에도 울프는 군중에 섞이지 않는 평범한 개개인의 아름다
움이 폐허를 다시 온전한 세계로 되돌려놓을 것이라고 말한다.
한편으로는 제국과 공모하면서 한편으로는 그 제국의 선동을 넘

어서는 대중의 이중성이야말로 울프에게 민주주의를 더 깊이 고민하게 만든 문제였다고 할 수 있다. 울프는 민주국가라는 대의가 제국주의의 폭력을 넘어설 수 있을지 회의했다. 그러나 결국 그 가능성의 주체도 바로 대중이라는 사실을 잘 알고 있었다. 이런 고민은 비단 울프의 것만은 아니다. 오늘날 우리가 다시 울프를 읽어야 할 이유가 이렇게 또 하나 더해지는 것이다.

FLUSH

A BIOGRAPHY

by Virginia Woolf

《플러시》,
새로운 소설을 위한 선언

《플러시》를 읽어보면 조금 다른 시선으로 울프가 이야기하는 '모던 픽션'이 무엇인지 이해할 수 있다. 유머러스하고 위트가 넘치는 문장이 가득한 이 소설에서 우리는 근엄한 모더니스트 작가라는 이미지와 사뭇 다른 울프의 면모를 확인할 수 있다. 소설 형식도 독특하다. 마치 작가가 화롯가에서 옛이야기를 들려주는 것처럼 이야기가 펼쳐진다. 울프의 소설이 묘사에 치우친다는 당대 작가와 비평가들의 비판이 무색해진다. 울프는 이야기를 풀어내는 새로운 방식에 대해 깊이 고민한 작가다. 《플러시》는 이런 작가의 고민을 잘 보여준다. 동물 우화를 연상시키면서도 울프 특유의 '모던 픽션' 원칙을 준수하는 특이한 작품이다.

소설의 경계를 넘는 실험

울프는 새로운 소설의 이론가였다. 이 새로운 소설을 울프는 '모던 픽션'이라고 불렀다. 그런데 울프가 말하는 '모던 픽션'은 무엇을 의미하는 것일까? 울프는 1927년 일기에 "새로운 것? 버지니아 울프가 이루어낸? 그런데 무엇이 새롭다는 것인가?"라고 썼다. 이 자문에서 평생토록 '모던 픽션'을 고민했던 한 작가의 내면을 읽을 수 있다.

아홉 편의 소설과 평생 써 내려간 자전적 글에서 울프는 끊임없이 소설의 관습에 도전하고 글쓰기의 영역을 확장하고자 고군분투했다. 20세기 초는 영국 소설의 역사에서 중요한 분기점이었다. 울프도 극찬한 제임스 조이스를 비롯한 기성 소설의 문법을 깨트리고 새로운 기법을 실험하는 작가들의 운동이 활기를 띠었다.

울프는 이런 변화의 조짐을 누구보다 빨리 감지했다. 1910년대에서 1930년대까지 오늘날 영국 소설을 대표하는 작가들이 출몰했다. 헨리 제임스, 조지프 콘래드, 포드 매독스 포드 같은 작가들은 대체로 '새로운 리얼리즘'의 선구자로 불렸다. 이들과 나란히 에드워드 모건 포스터와 윈덤 루이스가 있었고, 약간 다른 관점에서 사실적 글쓰기를 추구하던 아널드 베넷과 허버트 조지 웰스가 있었다.

앞에서 이야기했듯이, 울프는 베넷과 웰스에 대해 상당히 부정적이었다. 이들은 울프처럼 자의식과 내면을 표현하는 것에 비판적이었기 때문이다. 울프와 대립각을 세우긴 했지만, 베넷과 웰스 역시 기존 소설 작법을 혁신해야 한다는 생각에 공감을 표하기는 매한가지였다. 그러나 울프는 당대의 현실에 누구보다 날카로운 시선을 보냈다는 점에서 이들과 다른 행보를 보여주었다. 울프의 이론은 모더니즘이라고 불리는 새로운 예술운동의 핵심을 꿰뚫었다.

모더니즘은 무엇인가? 원래 모더니즘은 1910년대에서 1930년대에 걸쳐 절정에 달한 근대화modernization라는 새로운 세계 변화의 현실을 담아내기 위한 예술 기법을 의미했다. 이 변화는 스타일뿐만 아니라 인간의 심리까지도 포괄하는 거대한 이행이다. 울프는 이런 현실의 전환에 깊은 관심을 표명하고, 이를 이론화하고자 했다. 새로운 소설의 문제에 대해 다룬 〈모던 픽션〉과 〈베넷 씨와 브라운 부인〉은 모더니즘 소설을 위한 선언이라고 할 만하다.

나는 앞서 소설가 못지않게 비평가로서 울프를 조명해야 한다는 점을 강조했다. 그런데 주의 깊게 읽어보면, 울프의 비평은 대체로 선언의 형식으로 쓰였음을 알 수 있다. 울프는 언제나 선언의 자리에 서 있었다. 그만큼 근대성에 대한 첨예한 문제의식을 놓치지 않고 있었던 것이다.

이런 울프를 단순히 '여류 작가'로 범주화해서 당대를 풍미했던 모더니즘 작가 중 한 명으로 치부해버리는 것은 어딘가 부족하다는 생각이다. 울프에게 '모던 픽션'은 단순하게 소설의 형식에 그치는 것이 아니었다. 울프에게 '모던 픽션'은 기존 소설의 경계를 뛰어넘는 실험이었다.

이 대담한 실험에 대한 당대 동료 작가들의 반응은 흥미롭다. 에드워드 모건 포스터는 "울프의 예술은 매우 특이해서 학계에 있는 비평가들은 별로 중요하게 생각하지 않을 것"이라고 말했다.[1] 포스터가 보기에 울프의 소설은 도덕적이지도 않고 거창한 철학을 표명하지도 않을 뿐만 아니라 일반적 형식으로 이해할 수 있는 것이 아니었다.

이리저리 흔들리면서 구불구불 정처 없이 늘어지는 긴 문장은 확실히 당시의 관습으로 보면 낯선 것이었다. 베넷과 웰스가 불평할 만도 했다. 베넷은 울프의 《제이콥의 방》에 대한 리뷰에서 당시의 젊은 작가들을 거론하면서 "사회의 상태를 묘사하기에 분주할 뿐, 그 사회를 구성하고 있는 개인에 관해 관심을 쏟지 않는다."라고 비판했다. 더 나아가 베넷은 울프의 소설에서 "인물의 성격이 생생하게 살아 있지 못한다."라고 지적했다. 울프가 지나

치게 "독창성과 명민함에 집착한 나머지" 세부 묘사에 치중하기 때문이라는 것이다.[2]

울프의 에세이 〈모던 픽션〉과 〈베넷 씨와 브라운 부인〉은 베넷과 같은 작가들의 비판에 대한 대응이었다고 할 수 있다. 새로운 리얼리즘을 시도한 베넷에게 소설은 무엇보다도 인물 성격을 창조하는 것이었다. 베넷에게 울프의 소설 《제이콥의 방》에 등장하는 인물들은 평면성을 벗어나지 못한 것처럼 보였다.

사실 이런 베넷의 생각이 유별난 것이라고 보기는 어렵다. 모더니즘 일반에 대한 리얼리즘의 비판에서 이런 입장을 쉽게 발견할 수 있기 때문이다. 울프는 《제이콥의 방》을 비롯한 소설에서 빈번하게 '틈'과 '부재'를 사건의 출현으로 그려낸다. 이런 방식의 글쓰기는 작가 자신의 개인사와 무관하지 않다. 어쩌면 울프에게 삶이란 무엇인가 있다가 사라지는 순간의 연속이었기 때문이다. '부재'가 곧 시간의 '틈'을 만들어내고, 울프는 거기에서 자신의 죽음을 보곤 했을 것이다.

이 도저한 부정성의 세계가 곧 울프의 미학을 구성했다고 할 수 있다. 소설은 결국 과거의 이야기다. 이 과거야말로 무엇인가 사라진 흔적이다. 아무리 다시 기억해낸다고 해도 결국 '틈'이 있을 수밖에 없다. 울프가 소설을 통해 추구한 '의식의 흐름'은 바로 이런 '부재'와 '틈'을 있는 그대로 드러내려는 노력이었다.

삶을 적절하게 다루는 글

이런 소설은 기존에 있던 이야기의 구성과 완전히 다른 무엇일 수밖에 없다. 기존의 소설이 현실성을 설정하고 일정한 형식에 맞추어 재구성하는 것과 달리, 울프의 소설은 내면의 의식을 드러내는 것에 가깝기 때문이다. 베넷처럼 인물 성격이라는 일종의 전형성을 염두에 두는 이들에게 울프의 이야기는 생소한 형식이었을 것이다. 울프를 사로잡은 것은 '삶을 적절하게 다루는 글'이었다. 이 지점에서 울프의 글은 전기적 글쓰기와 허구의 소설이라는 갈래로 나뉜다.

1908년 울프는 언니 버네사 벨의 남편 클라이브 벨에게 보낸 편지에서 "나는 삶을 적절하게 다루는 글이라는 미묘한 주제에 관해 쓰고 싶다."라고 말한다. '삶을 적절하게 다루는 글'은 도대체 무엇일까? 울프 자신의 삶을 글로 쓰는 것이지 않을까 싶다.

그는 1908년에 "아직 어떻게 쓰는지 전혀 알지 못한다."라고 고백하는데, 1927년에 쓴 〈새로운 전기The New Biography〉와 1940년에 쓴 〈전기의 예술The Art of Biography〉은 이런 초기 문제의식의 완성이라는 생각이다. 전기라는 장르는 역사적 사실과 상상력을 서로 결합할 수 있는 글쓰기 형태다. 일찍부터 울프는 전기적 소재를 거울삼아 글쓰기를 시도해왔다. 이런 노력은 《밤과 낮》에서 빛을 발한다. 이 소설에서 울프는 전기와 허구를 서로 대조하면서 이야기를 전개한다.

전기에 대한 이 같은 울프의 관심은 상당히 흥미롭다. 왜냐하면 울프의 아버지 레슬리 스티븐은 《영국 인명사전Dictionary of National Biography》을 편찬해서 왕실로부터 작위를 받았기 때문이다. 울프가 전기를 상위의 글쓰기 양식으로 받아들인 것은 이런 집안 분위기와 무관하지 않다. 울프의 아버지는 자녀들의 양육비로 사전을 편찬했다고 알려져 있다. 그래서 이 사전을 만드는 일을 울프 가족이 전폭적으로 지지했다고 말할 수는 없다. 울프는 곳곳에서 이 사전 편찬이 자신과 동생을 병약하게 만들었다고 썼다.

울프의 아버지가 사전 편집을 시작한 1882년은 바로 울프가 태어난 해다. '68권짜리 검은 책'은 울프에게 가공할 만한 기억을 남겨놓았던 것이다. 말년에 울프는 자신의 이야기를 전기로 쓰면서 프로이트의 '양가감정'이라는 개념을 빌려와서 아버지에 대한 모순적 감정을 설명하려고 노력한다. 사랑과 증오가 하나라는 프로이트의 통찰은 울프에게 자기 자신을 이해할 수 있는 열쇠를 쥐어주었다고 할 수 있다.

또 하나 울프를 전기로 이끈 계기는 아버지가 세상을 떠난 그해에 찾아왔다. 1904년 울프의 아버지가 세상을 떠나자 역사가인 프레더릭 메이틀런드는 울프에게 그의 전기를 써달라고 요청했고, 1906년에 울프는 《레슬리 스티븐의 생애와 학식The life and letters of Leslie Stephen》이라는 책에 포함될 〈레슬리 스티븐Leslie Stephen〉이라는 전기적 에세이를 썼다. 이 에세이에는 자녀들과 장난감 놀이를 하고 저녁에 책을 읽어주는 자상한 아빠의 모습이

버지니아 울프의 아버지 레슬리 스티븐 경과 어머니 줄리아 스티븐.

등장한다. 비싼 시가 대신 파이프 담배를 피우고, 옷이 다 해어질 때까지 입던 검소한 아빠를 울프는 따뜻하게 그리고 있다.

그러나 실제로 울프의 아버지는 집안 여성들에게 일방적 인내를 강요하는 폭군에 가까웠다. 사전을 집필하는 동안 집안 식구들은 경제적 어려움뿐만 아니라, 일방적 가장의 횡포도 묵묵히 감내해야 했다. "소나기처럼 쏟아지는 형형색색의 불꽃"이라는 묘사가 있을 정도로 울프의 아버지는 '한 성깔' 하는 위인이었고, 이런 아버지의 존재는 울프에게 심각한 영향을 끼쳤다. 그럼에도 울프는 바깥에 내보이는 아버지의 모습을 '자상하게' 그려야 했다.

이렇게 명명백백하게 드러나는 실재와 허구의 괴리야말로 울프의 소설을 구성하는 중요한 척도였다고 할 수 있다. 전기에 대한 울프의 관심은 치열하게 허구를 진리와 대면시키고자 한 작가 정신의 발로이지 않을까 싶다. 울프의 소설 세계를 관통하는 씨줄은 전기적 기록이었다. 울프의 일기는 소설과 한 몸을 이루고 있는 글쓰기다. 일기는 단순히 소설의 소재라기보다 삶에 대한 적절한 글쓰기를 도모했던 울프의 사유를 정확하게 보여주는 증거다.

여성의 일상을 소설로 쓰다

무엇보다도 울프의 글쓰기에 배어 있는 전기적 요소는 '여성'이라는 그의 존재에서 기인한다. 울프가 글을 쓰던 당시에 여성의 일상은 소소한 것으로 취급당해 소설의 소재로 쓰기에 부적절하다는 편견이 강했다. 이런 상황에서 울프가 자전적 글쓰기를 했다는 것은 상당히 의미심장한 실험이었다.

울프가 본격적으로 전기적 글쓰기를 시도한 작품은《존재의 순간들》에 실려 있는〈추억담Reminiscences〉일 것이다. 조카 줄리언 벨에게 주는 서간 형식으로 쓰인 이 자전적 에세이에서 울프는 자신의 언니 버네사에 관한 이야기를 들려주고 있다.

《존재의 순간들》은 울프 사후에 남편 레너드가 발굴한 원고들을 한데 묶은 책인데,〈추억담〉을 쓸 무렵 울프는 이미 버네사의 남편인 클라이브에게 보낸 편지에서 언니에 관해 쓰고 있다는 사실을 밝힌다. 울프는 클라이브를 공공연하게 유혹한 것으로 유명한데, 버네사에 대한 울프의 이야기는 이런 묘한 관계에서 세

버지니아 울프의 언니 버네사 벨.

상에 나온 것이다.

《존재의 순간들》에 등장하는 버네사의 모습은 그럼에도 아버지에 대한 묘사 방식에서 크게 벗어나지 않았다. 역설적으로 언니를 지켜보는 울프의 시선은 아버지의 것에 가까웠다. 울프는 클라이브에게 보낸 편지에서 버네사에 대한 자신의 묘사가 충분하지 않고 능력에 부치는 일이라고 고백한다. 울프는 "아주 가까우면서 너무 멀리 나아갔다."라고 생각했다.

울프는 버네사를 그려내면서 무엇을 깨달았을까? 영원히 글로 포착할 수 없는 '미끄러지는 삶'을 발견하지 않았을까? 그 허무한 상실을 다시 잡아내기 위해 울프는 펜을 놓을 수 없었던 것인지도 모른다.

〈추억담〉에 비견할 만한 울프의 자전적 글을 꼽자면 〈우정의 갤러리Friendship's Gallery〉일 것이다. 이 에세이는 50대 이후에 울프가 천착한 '아직도 조명받지 못한 여성의 삶'을 글로써 진술하겠다는 문학적 페미니즘의 맹아를 보여준다. 이 글은 시간상 〈추억담〉보다 먼저 쓰이긴 했지만 훨씬 진취적인 울프의 모습을 보여준다.

〈우정의 갤러리〉에서 울프는 어머니처럼 자신을 대해준 바이올렛 디킨슨에 관한 이야기를 전한다. 바이올렛은 빅토리아시대에 여성의 덕목으로 여겨지던 모든 장점을 지닌 존재였다. 울프는 이런 바이올렛을 자신의 글에 담아 영원히 남기고 싶어 했다. 울프 스스로 이 글을 가리켜 바이올렛을 위한 전기이자 신화라고 밝히고 있다는 점이 흥미롭다.

당시 울프의 가족과 함께 휴가를 보내면서 바이올렛은 울프에게《가디언The Guardian》에 글을 기고해볼 것을 권한다. 또 울프가 우울증에 시달릴 때 혼신을 바쳐 간호하기도 했다. 울프는 이런 바이올렛의 모습을 있는 그대로 그려내지 않는다. 중요한 것은 바이올렛의 삶을 찬양하려는 목적이다. 여기에서도 울프는 바이올렛의 삶이라는 전기적 요소를 소설적인 방식을 통해 유머러스하게 만들어내는 작업에 집중한다. 그래서 이 글은 반쯤은 전기적이면서 허구적이다. '모던 픽션'은 이처럼 사실과 허구 사이를 가르는 경계가 모호해진 상태에서 탄생한 새로운 소설인지도 모른다.

울프의 자전적 글쓰기에서 무엇을 배울 수 있을까? 결론부터 말하자면, 자신과 가장 가까운 사람에 대해 어떻게 이야기해야 할지 울프는 세세하게 가르쳐주고 있다. 울프는 간단하게 리얼리즘을 판타지로 바꾸어놓음으로써 이 난제를 훌륭하게 처리한다. 자신에게 거대한 영향을 미친 아버지와 언니 그리고 자신에게 너무도 아름다운 선물이었던 어머니 같은 바이올렛을 그려내기 위해 울프는 사실을 그대로 글로 옮기기보다 자신의 판타지와 뒤섞인 현실을 만들어냈다. 사실을 날조한다기보다 현실의 인물들을 다른 각도에서 바라봄으로써 소설처럼 꾸며낸 것이다. 전기와 소설의 경계를 모호하게 조성함으로써 울프는 자신에게 주어진 과도한 현실의 무게를 내려놓았던 것이다.

따라서 울프가 쓴 전기는 사실상 소설이었다고 볼 수 있다. 그리고 뒷날 그의 소설은 이런 전기적 요소를 자양분 삼아 세상으로 나온다. 울프에게 삶이란 이런 의미에서 소설의 언어로 다시 정의되어야 하는 날것이다. 개인사를 소설로 다시 쓴다는 것은 실제 삶 자체를 마치 울프 자신이 발명한 것처럼 여기는 과정인 것이다. 울프의 소설을 읽고 자전적이라고 볼 것이 아니라, 역설적으로 울프의 소설이야말로 삶이었다는 사실을 이 지점에서 깨달을 수 있다. 그에게 삶은 실제의 차원을 갖고 있는 다른 무엇이 아니라 소설에 담겨 있는 허구 자체였다.

문자와 함께하는 삶이야말로 울프에게 모든 것이었다. 그래서 그는 그토록 열심히 책을 읽었는지도 모른다. 일어나서 잠들 때까지 그는 책을 읽고 글을 썼다. 쓰는 자로서 울프를 자리매김하게 만든 것은 삶에 대한 궁금증이었을 테다. 마음 깊이 도사린 우울을 울프는 끊임없이 삶에 대한 유머러스한 고찰을 통해 극복하고자 했다.

이런 의미에서 울프의 소설은 전통적 소설의 형식을 따르지 않는다.《밤과 낮》에서 울프는 기존의 소설 형식으로 결코 당대의 현실을 담아낼 수 없다는 사실을 계속 강조한다. 이런 경향은 후기 작품으로 갈수록 더욱 강화된다.

초기에 아버지를 '영웅'으로 그려냈던 어린 울프의 필치는 소멸해버린다.《제이콥의 방》에 오면 '위대한 남성들'은 시대와 함께 스러져가는 애잔한 군상들로 그려질 뿐이다.《댈러웨이 부인》과《등대로》에 등장하는 이야기들은 거의 울프의 경험에 기초해 있다.《파도The Waves》도 마찬가지다. 여기에서 역사와 개인사는 전혀 다른 이야기의 외피를 뒤집어쓴다.

《올랜도》와《플러시Flush》는 어떤가. 둘은 현실의 차원을 넘는 전기적 글쓰기를 선보이는 작품이라고 할 수 있다. '어느 저명한 개의 전기'라는 부재를 달고 있는《플러시》는 전기문학 자체에 대한 패러디처럼 보인다. 플러시라는 강아지의 일생을 중심으로 쓴 이 소설은 우리에게 울프가 얼마나 유머러스한 세계관을 소유했는지 알려준다.《플러시》의 첫 대목을 한번 읽어보자.

이 회고록의 주제에 해당하는 가족이 위대한 고대 가문 중 하나라는 주장은 보편적으로 받아들여지고 있다. 그래서 그 가문의 이름 자체가 어디에서 기원했는지 알 수 없다는 사실도 이상하지 않다. 수백만 년 전에 지금은 스페인이라고 불리는 지역이 만들어지느라 부글부글 불안하게 끓어올랐다. 시간이 지나고 식물들이 나타났다. 식물이 있는 곳에 자연의 법칙은 토끼들이 있으라, 명했다. 토끼들이 생겨나자, 섭리의 명령에 따라 개들도 생겨났다. 여기에 질문이나 논평을 더할 필요는 없다. 그러나 왜 토끼 잡는 개를 스패니얼이라고 부르는지 묻는다면, 의문과 곤혹이 시작된다. 어떤 역사가들은 카르타고인들이 스페인에 상륙했을 때, 순박한 병사들이 일제히 "스팬! 스팬!"이라고 외쳤다고 말한다. 숲과 덤불 여기저기에서 토끼들이 쏜살같이 뛰어다녔기 때문이다. 그 땅은 토끼들로 넘쳐났다. 스팬은 카르타고인의 말로 토끼를 의미했다. 그렇게 그 땅은 이스파니아, 또는 토끼의 땅으로 불리게 되었고, 토끼를 쫓아 재빨리 달려가는 개를 일러 스패니얼 또는 토끼 사냥개라고 부르게 된 것이다.[3]

마치 박물지를 읽는 것 같은 이 도입부는 18세기 소설 같은 느낌을 주지만 사실 그 전통을 패러디하고 있다는 사실을 깨달을 수 있다. 왜냐하면 이렇게 시작한 소설은 점점 플러시라는 한 개의 시선으로 옮겨가기 때문이다. 늙은 플러시가 응접실에서 조용히 죽어가는 모습으로 이 소설은 끝난다. 이 소설을 읽고 나면 독자들은 난감해질 수밖에 없다. 동물 소설이라고 불러야 할 이 소설에서 어렵지 않게 울프의 모습을 발견할 수 있기 때문이다. 소설이 끝나는 대목에 이르면 플러시는 울프의 삶과 겹쳐진다.

이런 경험은 원숙한 시절의 작품인 《세월The Years》에 이르면 역사의 안과 밖을 살아가는 개인들의 역사로 되살아난다. 이렇게 서로 다른 작품들을 관통하는 키워드는 바로 '삶을 적절하게 다루는 글'에 대한 갈망이다. 울프를 끊임없는 실험적 글쓰기로 밀어 넣은 힘이 바로 이 갈망이었을 것이다.

1927년에 쓴 〈새로운 전기〉에서 울프는 진리의 화강암과 개성의 무지개를 서로 비교하면서 전기문학을 논하고 있다. 이런 문제의식은 1940년에 쓴 〈전기의 예술〉에서 전기의 사실과 소설의 자유를 서로 대비시키는 논의로 되풀이된다. 그에게 전기적 사실은 견해에 따라 바뀌는 것이지 과학적 진리처럼 고정불변한 것이 아니다. 삶은 언제든지 다양한 입장에 따라 다른 의미로 읽힐 수 있다.

이런 의미에서 울프는 삶에서 진리나 사실을 적는다는 것은 무의미하다고 생각했다. 전기 작가는 광부의 카나리아처럼 '쓸모없는 전통의 오류'를 누구보다 빨리 알리는 한발 앞선 존재가 되어야 한다는 주장은 울프가 어떤 관점에서 전기를 바라보았는지 선명하게 보여준다. 전기 작가야말로 가장 실험적인 전위라고 보왔던 것이다.

울프는 삶이라는 날것의 재료를 가장 먼저 취급하고 거기에서 전통적 글쓰기 형식으로 포섭할 수 없는 다양성을 발견해내는 것이 전기 작가의 임무라고 생각했다. 이런 생각을 누구보다 앞장서서 실험하고자 한 당사자가 바로 울프였다. 그가 이론화하고자 한 '모던 픽션'은 삶이 곧 소설이고 소설이 곧 삶인 글쓰기의 경지를 지칭했다고 말할 수 있다. 이 정신은 19세기부터 시작된 아방가르드 예술운동의 핵심이기도 하다.

울프는 삶과 글을 일치시키는 길을 끊임없이 모색한 실험적 작가였다. '모던 픽션'은 바로 이런 실험을 지칭하는 비형식적 글쓰기를 가리키는 울프의 개념이었다는 사실을 새삼 깨닫는다.

THE
LONDON
SCENE

VIRGINIA WOOLF

《런던 전경》,
도시의 삶

이번에 읽어볼 울프의 책은 《런던 전경》이다. 이 책에서
울프는 런던에 대한 흥미로운 사색을 펼쳐놓는다. 울프는
런던을 낭만적으로 그리지 않는다. 런던은 개인의 자유를
보장해주는 물적 토대였다. 울프는 이 물적 토대가 없다면
작가로서 누릴 수 있는 혜택도 없다고 생각한다. 이런 의
미에서 울프는 철저한 유물론자의 면모를 드러낸다. 그러
나 메마른 물질주의에 머무는 것이 아니라, 내면의 감각에
서 자유의 의미를 탐구한다. 이 감각을 사랑하는 것이 울
프의 글쓰기였다. 에세이라는 자유로운 형식이 1930년대
의 런던을 살아간 울프의 생애를 고스란히 보여준다. 런
던을 여행하고자 하는 이들에게 이 책은 좋은 안내서가 될
것이다.

도시를 산책하는 근대의 풍경

버지니아 울프라는 작가를 설명해주는 요소 중 가장 중요한 것을 꼽으라면 나는 '산책자'라고 말하고 싶다. 그는 소설 곳곳에 산책의 흔적을 감추어두고 있다. 흥미롭게도 울프는 소설에 등장하는 주인공들이 도시를 산책하는 모습을 자주 연출한다. 1915년에 출간한 《출항The Voyage Out》이나 《제이콥의 방》에서 주인공은 짧든 길든 도시를 산책한다. 《댈러웨이 부인》은 어떤가. 이 소설에서도 주인공은 본드 거리에서 꽃을 사기 위해 긴 산책길에 오른다.

울프가 이렇게 산책자를 소설에 빈번하게 등장시키는 것은 우연이라고 보기 어렵다. 산책자는 '익명의 바다'라고 부를 수 있는 근대 도시의 특징 중 하나이기 때문이다. 도시의 산책자야말로 새로운 근대의 존재 양상이었다고 말할 수 있다.

울프가 칭찬한 제임스 조이스의 소설에도 산책자가 가득하다. 《율리시스Ulysses》는 블룸이 더블린 거리를 하루 동안 돌아다니면서 겪는 이야기다. 한국의 근대소설도 예외는 아니다. 박태원의 《소설가 구보씨의 일일》에서 주인공 구보는 끊임없이 경성 거리를 돌아다닌다. 다분히 《율리시스》의 한국판을 연상시키는 이 중편소설에서 주인공은 친구를 만나 조이스를 논한다.

울프는 산책자였다. 《자기만의 방 A Room of One's Own》에서 울프는 케임브리지 대학 강의를 회상하는데, 거기에서 '여성과 소설'이라는 주제에 대해 깊이 생각하다가 갑자기 걷기 시작했다고 쓴다. 울프의 발걸음은 거침없이 곱게 다듬어진 잔디밭으로 향한다. 그러나 그 순간 웬 알 수 없는 한 남성의 제지로 산책이 중단된다.

버지니아 울프 북클럽

울프는 처음에 "와이셔츠에 모닝코트를 걸친 기묘해 보이는 그 물체의 몸짓"이 자신을 향하고 있다는 사실을 알아차리지 못했다. 그를 제지한 남성은 교구 관리인이었다. 이 순간의 묘사에서 울프의 정신세계를 엿볼 수 있다. 대수롭지 않아 보이는 이 문장은 의미심장한 의미를 담고 있다. 여기에서 울프는 산책자야말로 교구 관리인으로 대표할 수 있는 제도의 굴레를 벗어난 존재라는 사실을 암시한다.

산책자로 자유를 만끽하던 울프는 어쩔 수 없이 사색의 보따리를 잔디밭에 남겨둘 수밖에 없다. 300년 동안 가꾸어온 유구한 잔디밭을 보호한다는 명분으로 산책자는 상상의 나래를 접어야 했다. 그토록 대담하게 잔디밭으로 발걸음을 옮기게 만든 생각은 마치 무엇에 쫓긴 물고기처럼 종적을 감추어버렸다.

이 짧은 에피소드에서 울프는 전통과 당대의 순간을 대립시킨다. 이른바 전통을 수호하는 관리인의 모습은 와이셔츠에 모닝코트까지 차려입은 관료의 상징이다. 관료의 경직성은 소설의 자유를 허락하지 않는다. 울프의 세계관을 형성하는 근대에 대한 통찰은 기본적으로 이런 고리타분한 과거의 전통을 비판하는 태도에서 기인한다. 이 전통은 기본적으로 여성을 '익명'으로 간주하는 역사였다. "역사에서 여성은 대부분 익명이었다."라고 울프는 한탄했다.

이런 울프에게 모더니즘은 단순한 미학 운동에 그치지 않았을 것이다. 모더니즘은 근대성의 내부에서 출현한 것이라기보다 그에 대응해서 만들어진 예술 경향이다. 따라서 삶과 경험을 새롭게 형성하는 근대의 조건을 탐구하는 경향이었다고 말할 수 있다. 울프에게 근대성은 이중적이었다. 자신과 같은 작가에게 기회를 주기도 하지만 전통의 폐습을 그대로 유지하는 것이기도 했다.

울프에게 이중적인 근대성의 모습은 런던이라는 도시의 장소성에 스미어 있었다. 영국의 비평가 레이먼드 윌리엄스Raymond Williams는 모더니즘의 주제 의식을 논하면서, 울프를 비롯한 모더니스트 작가들의 작품 세계가 19세기 도시의 확장과 무관하지 않을 뿐만 아니라 20세기 메트로폴리탄 문화의 영향과 떼려야 뗄 수 없다고 말한다.

그러나 모더니즘을 규정하는 척도는 다양할 수밖에 없다. 작가에 따라 기술과 첨단에 대한 태도가 다르기 때문이다. 어떤 모더니스트 작가는 몰락하는 과거에 대한 향수를 공공연하게 드러내기도 한다. 근대성을 수용하거나 거부하는 선택의 문제로 판단하기에도 수월하지 않다. 유럽 대륙과 영국의 모더니즘도 각각 나르다. 유럽 대륙의 모더니즘이 '새로운 것'을 선언하는 아방가르드의 성격이 강하다면, 영국의 모더니즘은 전통 자체를 거부하기보다 고쳐 새롭게 하고자 한다.

영국 작가로서 새로운 소설 형식의 창조에 매진한 울프도 무조건 전통을 거부하기보다 새로운 소설의 형식으로 포용하려는 태도를 보인다. 18세기 센티멘털리즘 소설을 다시 쓰려는 그의 노력이 이런 모습을 잘 보여준다. 그 역시 사라지는 과거의 문학 전통을 회고적으로 반추하는 것도 사실이다. 그렇다고 해서 당시의 주류 모더니즘에 전적으로 동의했다고 말할 수는 없다. 무엇보다도 울프는 당대 남성 작가들과 각을 세웠다. 같은 주제를 논하더라도 울프는 모더니즘의 이분법에 빠져들지 않고 새로운 관점을 제시하곤 했다.

문학의 전통에 대해 비슷한 의견을 가졌던 토머스 스턴스 엘리엇Thomas Stearns Eliot과 비교해보면 차이점을 확연하게 알 수 있다. 엘리엇이 문학 장르를 선형적이고 진화적인 관점에서 보았던 것과 달리, 울프는 사회역사적인 관계의 관점에서 문학의 발전을 고찰했다. 울프는 결코 과거를 이상화하거나 절대적인 것으로 간주하지 않았다. 오히려 과거의 전통이 다양한 인간의 실천을 통해 만들어진 역사적 산물이라는 사실을 강조했다. 그렇기 때문에 이 사회를 문학 교육을 통해 더 낫게 만들 수 있다고 믿었다.

이런 울프의 생각은 당대에 이해받지 못했다. 오히려 울프를 현실에는 관심을 두지 않고 미학주의에 심취한 '여류 작가' 정도로 취급했다. 그러나 지금까지 이야기했듯이 울프는 끊임없이 세계에 관해 관심을 표명해온 작가이자 지식인이었다. 그의 소설 또한 미학주의라고 불리기에 너무도 실험적이었다. 오히려 울프는 전통적인 의미의 미학주의에 저항한 작가였다고 볼 수 있다.

이런 울프의 특징은 그냥 얻어진 것이 아니다. 윌리엄스의 말처럼, 울프의 모더니즘은 도시 생활과 밀접하게 관련을 맺고 있다. 런던은 울프가 자신의 문학을 실험하기 위한 최적의 장소였다. 몇 편의 에세이에서 울프는 이 도시에 대한 애착을 가감 없이 드러낸다. 1975년 《런던 전경The London Scene》이라는 선집으로 묶여 출간된 다섯 편의 에세이는 원래 《굿 하우스키핑Good Housekeeping》이라는 잡지에 연재되었다. 그리고 뒷날 《가디언》에 발표된 〈어느 런던 사람의 초상Portrait of a Londoner〉이라는 에세이가 한 편 더 발굴되기도 했다. 이렇게 여러 편의 에세이에서 울프

버지니아 울프의 에세이가 수록된
《굿 하우스키핑》표지.

는 1930년대 런던의 모습을 생생하게 그려내고 있다. 그중에서
도 내가 인상 깊게 읽은 대목은 〈런던의 선창The Docks of London〉에
나오는 다음과 같은 서술이다.

타워브리지에 가까워질수록 이 도시는 자신을 뽐내기 시작한다. 건
물들의 벽은 더 두꺼워지고 점점 더 높게 쌓여갔다. 하늘은 납빛으로
착 가라앉고, 구름은 점점 더 보랏빛을 띤다. 돔들이 부풀어 오른 듯
솟아 있는데, 세월에 하얗게 바랜 교회 첨탑이 연필처럼 뾰족하게 솟
은 공장 굴뚝과 뒤섞여 있다. 누구든 여기에서 으르렁거리는 런던의
포효와 메아리를 들을 수 있을 것이다.[1]

여기에서 확인할 수 있듯이, 울프는 결코 런던을 아기자기한 관광지로 그리지 않는다. 울프가 그리는 런던의 구역은 이스트 엔드East End라고 불리는 공장 지대다. 그는 공장 지대를 가득 메운 노동자들에게 문학 교육을 시켜야 한다고 생각했다. 이 공장 지대와 신성한 교회가 만나는 지점에 위치한 런던타워를 울프는 담담하게 그린다.

런던타워는 감옥이었다. 울프는 "여기에서 마침내 우리는 고대 석재로 이루어진 끔찍한 원형 탑에 이른다."라고 쓴다. 그곳은 다름 아닌 "수없이 북소리가 울리고 그때마다 목이 떨어졌던 런던타워"다. 그러나 이렇게 죽은 자의 뼈로 가득했던 런던타워는 근대라는 새로운 조건에서 의미를 잃는다. 노동으로 분주한 선창이 런던타워를 에워싸고 있다.

이런 에세이에서 산책자로서 런던을 주유했던 울프의 시선을 발견하는 것은 어렵지 않다. 울프는 당대의 현실에서 보았을 때 새로운 런던을 발견하고자 했다. 이 산책자의 시선은 무엇을 의미하는 것일까?

도시의 삶을 누릴 자유

울프와 같은 시기를 살았던 독일의 철학자 발터 베냐민 역시 근대의 주체로서 산책자를 지목한 것은 우연이 아니리라. 베냐민은 산책자라는 개념을 프랑스 시인 샤를 보들레르Charles Baudelaire

에게서 발견했다. 보들레르는 산책자를 근대의 관찰자로 설정했는데, 그의 관점에서 보자면 산책자는 멋쟁이이자 미학자다.

베냐민은 이런 보들레르의 개념을 가져와서 근대성을 분석했다. 미완의 대작 《파사주 기획Das Passagen-Werk》에서 베냐민은 산책자의 모습에 들어 있는 탐정의 모습을 찾아낸다. 산책자는 마치 탐정처럼 자신을 엄폐한다. 무심한 듯 보이지만 항상 추적하는 대상을 예의주시해야 한다는 것이다. 또 베냐민은 산책의 사회기반으로 저널리즘을 꼽는다. 문인은 이 저널리즘에서 환영하는 상품이다. 울프 역시 《굿 하우스키핑》이라는 잡지에 투고하려고 런던 전경을 그려냈다.

울프를 일컬어 '자기를 미학적 상품으로 포장한 작가'라는 비판은 다분히 산책자에 대한 베냐민의 분석을 연상시킨다. 베냐민은 "문인은 자기를 팔기 위해 시장으로 나간다."라고 썼다. 베냐민은 마르크스의 《자본론Das Kapital》에서 개진한 내용을 응용해서 산책자로 거리에 나선 저널리스트들이 자신의 노동시간을 무단으로 늘려 본인의 노동 증대를 도모한다고 이야기한다.[2]

문인과 저널리스트 또는 저널리즘의 긴장 관계는 모더니스트 작가의 진술에서도 자주 발견할 수 있다. 가령 한국의 모더니스트 시인 김수영은 다음과 같이 말한다.

지난 1년 동안에만 하더라도 나의 산문 행위는 모두가 원고료를 벌기 위한 매문, 매명 행위였다. 그리고 지금 이 순간에 하고 있는 것도 그것이다. 진정한 〈나〉의 생활로부터는 점점 거리가 멀어지고, 나의 머리는 출판사와 잡지사에서 받을 원고료의 금액에서 헤어날 사이가 없다.[3]

김수영은 베냐민이 지적한 문제의식을 정확히 인지하고 있었다. 물론 역으로 말하면 베냐민이 규정한 모더니즘 미학의 '비판 정신'을 김수영이 받아들였기에 이렇게 생각했다고 말할 수도 있겠다.

과연 베냐민의 주장은 타당할까? 그리고 이런 관점을 울프에게 대입하는 것은 적절할까? 당대의 비평가들 역시 울프의 작품을 대체로 미학주의의 산물로 파악했다는 것은 무엇을 의미할까? 확실히 울프는 자신의 시대에 이해받지 못한 작가다. 울프의 모더니즘은 일기나 에세이를 읽어보아야 진면목을 파악할 수 있다는 생각이다. 그는 근대성에 대응하는 모더니즘이라는 비판 정신에 충실했다.

김수영과 울프의 비판 정신은 어디서 만나고 어디서 갈라질까? 김수영이 다분히 교양주의적 관점에서 당시 한국의 전근대성을 비판했다면, 울프는 젠더의 관점에서 남성 중심주의적 영국의 근대성과 그 제국주의적 확장을 비판했다. 김수영이 개탄한 한국의 전근대성은 결국 울프가 제기한 제국의 남성성과 서로 관련을 맺고 있는 것이다.

김수영이 "좌우의 구별 없던, 몽마르트르 같은 분위기"를 그리

위하면서 "그 당시만 해도 글 쓰는 사람과 그 밖의 예술 하는 사람들과 저널리스트들과 그 밖의 레이맨들이 인간성을 중심으로 결합될 수 있는 여유 있는 시절"⁴이었다고 회고하는 그 현실에 문제 제기를 한 작가가 바로 울프였다. '그 시절'에 여성은 지워져 있었다. 따라서 수전 손태그가 《사진에 대하여On Photography》에서 산책자의 시선을 남성적 사진가의 시선과 동일시하는 것은 울프의 태도를 닮았다.

여기에서 우리는 단순한 남녀의 대립 구도를 넘어 현실을 직시하기 위한 하나의 관점으로 작동하는 젠더라는 문제의식을 확인할 수 있다. 김수영이 '인간성'이라고 포장하고 있는 그 지점을 울프는 타격하고 있다. 제인 오스틴에 대한 논평에서 울프가 지적했듯이, 오스틴 같은 작가에게 '도시의 삶'이 주어졌다면 분명 후기 작품처럼 현실 질서에 순응하는 서사는 탄생할 수 없었을 것이다.

《자기만의 방》이나 《세 닢의 금화Three Guineas》에서 울프는 특유의 유물론을 드러내는데, 울프가 제시하는 '도시의 삶'은 막연한 환상이라기보다 물질 토대라고 볼 수 있다. 이 말은 단순하게 '여성은 도시에서 살아야 한다'는 뜻이 아니라, '도시의 삶을 누릴 자유'가 있어야 한다는 말이다. 자유는 권리의 문제이고, 따라서 여성의 인권은 울프에게 항상 원천적인 문제였다.

소설이 진리를 전달하는 방식

20세기 런던에서 여성은 익명의 존재였다. 이 익명의 존재가 산책자가 되었을 때, 런던은 어떻게 보였을까? 이 궁금증에 대한 답이 울프의《런던 전경》에 담겨 있다. 다음과 같은 울프의 맛깔스러운 묘사는 어떤가.

아마 연필 한 자루에 모든 열정을 바치는 이는 없을 것이다. 하지만 엄청나게 연필 한 자루를 가지고 싶게 하는 주변 환경이 있을 수 있다. 물건 하나를 가지겠다는 핑계로 티타임과 저녁 시간 전까지 오후 내내 런던 시내의 절반을 싸돌아다니는 순간이 있게 마련이다. 마치 여우 사냥꾼이 말을 먹이기 위해 여우 사냥을 계속하듯이, 마치 골퍼들이 개발자에게서 공터를 지키기 위해 골프를 치듯이, 거리로 나가고 싶은 욕망이 부글거릴 때 연필을 구하러 돌아다닌다는 것은 좋은 핑계다. 그렇게 일어나서 우리는 "반드시 연필을 사야 해!"라고 말한다. 마치 이런 핑계를 대면 겨울 도시의 삶이 제공하는, 런던 시내를 정처 없이 싸돌아다니는 즐거움을 안전하게 누릴 수 있기라도 한 것처럼.[5]

울프는 이 도시의 삶을 통해 얻을 수 있는 즐거움으로 '런던 시내를 싸돌아다니는 즐거움'을 거론한다. 이 즐거움은 울프와 같은 산책자에게 '모험'이기도 하다. 연필을 사러 나간다는 실용적인 목적은 즐거움을 누리기 위한 목적 없는 목적을 위한 평계로 동원된다. 이런 참신한 생각이야말로 울프의 에세이를 읽을 때 발견할 수 있는 묘미다.

산책자로서 울프의 시선은 베냐민이 묘사한 탐정의 그것이 아니다. "눈은 광부도, 잠수부도, 보물을 찾는 발굴자"도 아니라고 울프는 말한다. 눈은 거리의 풍경과 함께 흐른다. 무념무상으로 눈은 떠다닌다. 탐정처럼 범죄자를 잡아내기 위해 추리하는 것이 아니라, "뇌마저 잠든 상태"로 눈만 거리의 표면을 부드럽게 훑어 가는 것이다. 울프의 눈은 런던의 아름다움을 완성하면서 감탄한다. 이 시선은 분명 근대의 주체로서 보들레르가 발견하고 베냐민이 분석한 그 파리의 산책자와 다른 것이다.

울프는 어둠 속에서 빛나는 런던을 '빛의 섬'이라고 지칭한다. 상상해보라. 겨울밤 런던의 거리는 적막하다. 가끔 부엉이 소리가 울리고 저 멀리 기차 지나가는 소리가 들린다. 우거진 가로수 사이로 직사각형의 창문이 걸려 있다. 깜깜한 밤하늘을 배경으로 마치 공중에 떠 있는 것 같은 그 창문은 적황색의 별처럼 빛난다. 울프는 그 어떤 전원시인보다 더 운치 있게 런던의 풍경을 묘사한다.

마침내 울프의 겨울밤 산책은 템스강가에 이른다. 거침없이 바다로 흘러가는 강의 위용을 보면서 울프는 연필 사는 일을 뒤로 미룬다. 이제 더 이상 평계를 댈 필요는 없다. 겨울 강가에 서서 울프는 여름에 보았던 강의 풍경을 떠올린다.

그러나 울프가 겨울밤에 본 강은 예전의 그 강이 아니다. 울프가 바라본 강은 시간처럼 더 이상 되돌릴 수 없는 기억이기도 하다. 망각과 죽음이라는 거대한 부정성을, 울프는 강을 바라보면서 떠올린다.

산책자로서 울프는 확실히 근대의 주체로서 상정할 수 있는 모습과는 다른 면모를 보여준다. 이 모습은 모험가에 가깝다. "새로운 방에 들어서는 것은 모험이다."라고 말하는 것이 이 산책자의 특징이다.

이 산책자의 소설에서 런던은 재탄생한다. 울프의 작품 세계를 특징짓는 요소 중 하나가 도시의 삶에 대한 충실한 재현일 것이다. 에세이에서 드러나는 도시에 대한 생생한 묘사는 소설 《밤과 낮》에 그대로 드러나고 있다. 주인공 캐서린은 불안한 미래를 생각하면서 런던의 거리를 거니는 인물이기도 하다. 따라서 울프의 작품 세계를 일도양단해서 판단하는 것은 쉽지 않다.

예를 들어 《세월》에서 울프는 역사적 사실을 다루기 위해 한때 자신이 비판했던 사실주의자의 관점을 채택하기도 한다. 이런 타협으로 울프를 밀고 간 상황은 전쟁이라는 지극히 현실적인 조건이었다.

울프는 "현재의 사회 전체에 전망과 사실을 동시에 주고자 했다."라고 진술한다. 산책자로서 울프는 끊임없이 사회적인 책무를 다하고자 했다. 그의 산책은 유유자적할 수 있는 것이 아니라, 불투명한 미래를 찾아 헤매는 현재의 작업이었다.

《런던 전경》· 도시의 삶

런던 옥스퍼드 거리에 즐비한 상점들은 산책자를 유혹한다. 수많은 할인 행사가 있고 호객 행위가 벌어진다. 화려한 런던이 반짝이고 있다. 이 화려한 소비사회를 밝히는 자본주의의 불빛 아래서 여배우는 비참한 이혼을 하고 백만장자는 자살하지만, 옥스퍼드 거리를 메운 군중은 관심이 없다. 언론을 장식하는 소식은 너무도 빨리 바뀐다. 이 부박한 현실에 울프는 동의할 수 없다. 그가 부여잡고자 했던 것은 전망과 사실이다.

《세월》에서 울프가 구현하고자 한 역사적 고찰은 바로 전망과 사실을 하나로 결합하는 결과였다. 1935년에 쓴 일기에서 울프는 "사회의 구조를 바꾸기 위해 우리 모두는 참여해야 하는가?"라고 썼다. 이런 사정을 감안했을 때, 울프에게 '사실 묘사'는 정치적인 것이었다. 어떻게 쓰고 읽느냐, 이 문제가 곧 울프의 입장에서 정치적인 사안이었다고 할 수 있다.

말년의 울프는 자신의 미학과 현실 참여 사이에서 동요하는 모습을 솔직하게 보여준다. 울프의 양가성은 그의 약점이라기보다 사실에 집착하는 것을 작가의 미덕으로 여긴 현실 참여적 지식인의 본질이었다. 울프에게 미학과 현실 참여는 서로 다른 문제가 아니었다. 울프는, 소설은 허구를 통해 진실을 전달하는 글쓰기의 형식이라고 믿었다.

그래서 그는 "소설은 역사가 아니다."라는 주장에 대해 "역사적 사실을 나열하는 것이 소설 쓰기보다 훨씬 쉽다고 할지라도 그것이 진리를 전달하는 방식은 너무 단순하고 조잡하다고 말할 수밖에 없다."라고 말하면서 "진리가 중요한 자리에서 오히려 소설 쓰기를 택하겠다."라고 말한다. 산책자 울프는 소설가 울프이기도 했던 것이다.

《런던 전경》·도시의 삶

ORLANDO

A BIOGRAPHY

VIRGINIA WOOLF

THE HOGARTH PRESS, 52 Tavistock Square, W.C.1

《올랜도》,
젠더 트러블

울프는 《올랜도》에서 영문학의 전통에 자리 잡은 동성애 코드를 새로운 방식으로 풀어낸다. 특정한 시공간에 얽매이지 않는 그의 서사 기법은 주인공 올랜도의 삶을 통해 젠더 문제를 유머러스하게 드러낸다. 남성과 여성을 자유자재로 오가는 설정은 남녀 이분법을 넘어선 성 정체성 자체에 대한 문제 제기로 읽을 수 있다. 이 소설에서 삶을 실험의 연속으로 파악한 울프의 결기를 느낄 수 있다. 삶은 흐르는 것이고, 소설은 그 흘러가는 삶의 파편들을 담아내야 한다는 것이 울프의 지론이었다. 흐르는 삶에서 남녀를 갈라서 고정한다는 것은 무의미하다고 생각했다. 남녀로 수렴할 수 없는 다른 욕망이 있다고 보았기 때문이다.

양성애자 울프

버지니아 울프를 '여류 작가'로 부르는 것은 참으로 게으른 평가다. 그는 언어 실험 못지않게 '여성'이라는 젠더 문제를 실험했기 때문이다. 울프는 모든 가능성의 실험가였다.

울프는 동성애에 대해 긍정적인 생각을 가졌다. 이런 생각은 울프의 것만은 아니었다. 블룸즈버리그룹 자체가 젠더에 대해 개방적 태도를 지녔다. 울프 부부는 열려 있는 결혼을 지향했다. 쌍방의 약속에 따라 각자 자유롭게 혼외 관계를 맺어도 된다고 허락했다. 지금 생각해도 참으로 파격적인 결혼 생활이라고 할 수 있겠다.

1922년 울프는 비타 색빌웨스트Vita Sackville-West라는 시인을 만났다. 색빌웨스트도 울프와 마찬가지로 자신의 남편과 열린 결혼을 약속한 사이였는데, 둘은 서로를 단번에 알아보았다. 몇 년 동안 울프와 색빌웨스트는 로맨틱한 관계를 맺었고, 그 후에도 평생 좋은 친구 관계를 유지했다.

여기에서 확인할 수 있듯이, 울프는 양성애자였다. 그러나 울프의 양성애는 남성과 여성을 동시에 사랑하는 차원을 넘어서, 하나의 몸에 여러 성 정체성을 지닌 상태를 의미했다. 양성애를 넘어 새로운 성 정체성의 지평을 열려는 실험 정신이 울프를 밀고 간 것인지도 모른다.

이런 울프의 생각이 특이하게 보일 수도 있겠지만 사실 그렇지 않다. 플라톤의《향연》을 보면, 인간은 원래 남성과 여성을 한 몸에 지니고 태어난 것으로 묘사하는 장면이 나오기 때문이다. 《향연》은 소크라테스가 여러 사람과 함께 술을 마시며 사랑(에로스)에 대해 나눈 대화를 그의 제자인 아폴로도로스가 자신의 친구들에게 들려주는 형식으로 쓰였다.

때는 기원전 404년 무렵으로, 여러 등장인물이 사랑에 관해 주장을 펼친다. 그중 아리스토파네스는 인간의 본성physis에 대한 이야기를 하면서 본래 인간은 남녀 두 가지 성 정체성만으로 이루어진 것이 아니라 남녀추니를 합쳐 세 가지 성 정체성을 가지고 있었다고 주장한다. 아리스토파네스는 다음과 같이 말한다.

우리 인간들의 성이 셋이었네. 지금처럼 둘만, 즉 남성과 여성만 있는 게 아니라 이 둘을 함께 가진 셋째 성이 더 있었는데, 지금은 그것의 이름만 남아 있고 그것 자체는 사라져버렸지. 그때는 남녀추니가 이름만이 아니라 형태상으로도 남성과 여성 둘 다를 함께 가진 하나의 성이었지만, 지금은 그것의 이름이 비난하는 말 속에 들어 있는

것을 빼고는 남아 있지 않네.¹

　말하자면 처음에 인간은 남-남, 여-여, 남-여 등으로 쌍을 이룬 성 정체성을 가졌다는 것이다. 최초의 인간은 이렇게 서로 다른 성이 합쳐진 구형의 몸을 가지고 있어서 여덟 개의 팔다리로 잽싸게 굴러다닐 수 있었다. 그러나 이런 인간들이 번성해서 신에게 도전하는 것이 두려웠던 제우스는 번개를 내려 한 몸을 둘로 갈라버린다. 이렇게 둘로 나뉜 반쪽짜리 인간들은 서로의 반쪽을 찾아 꼭 껴안고 굶어 죽기 일쑤였다. 이를 불쌍하게 여긴 제우스는 생식기를 쪼개진 몸의 앞에 만들어서 인간들이 서로 즐기고 후손을 낳게 했다는 것이다. 아리스토파네스는 이것이 에로스의 기원이라고 이야기했다.

　이 주장에 따르면, 한때 남-남이었던 몸과 여-여였던 몸이 쪼개진 경우에 동성애를 느끼는 것이라고 할 수 있다. 아리스토파네스의 설명에서 에로스에 대한 울프의 생각을 읽어내는 것은 어렵지 않다. 양성애에 대한 울프의 관심은 지적인 관점에서 남성과 여성을 하나의 몸으로 구현하려는 상상으로 발전했다. 이 사실만을 놓고 봐도 울프를 '여류 작가'라고 부르는 것이 얼마나 잘못된 것인지 알 수 있다.

《올랜도》, 동성 연인에게 바치는 헌사

울프에게 남녀는 평등한 존재로서 보완적인 관계를 이룬다. 남녀가 각각 따로 있을 때보다 둘이 합쳐질 때 훨씬 창조적인 정신에 도달할 수 있다고 울프는 생각했다. 이런 까닭에 《자기만의 방》에서 울프는 남성과 여성이라는 성 정체성이 조화롭게 영혼의 교류를 나누는 것이 "정상적이고 편안한 존재의 상태"라고 말한다. 울프는 남녀가 서로 합을 맞추어서 잘 살아야 한다는 뜻으로 이런 말을 한 것이 아니다. 울프가 말하는 "정상적이고 편안한 존재의 상태"는 남녀가 한 몸에 있는 것을 뜻한다.

《올랜도》는 이런 울프의 생각을 유머러스하게 보여주는 소설이다. 1500년대에서 1900년대에 이르는 영국 역사를 배경으로 전개되는 이 소설은 남녀의 성 정체성을 자유롭게 오가는 한 젊은이를 그려낸다. 주인공은 영원한 젊음을 유지하는 존재다.

말할 것도 없이 《올랜도》는 비타 색빌웨스트에게 바치는 헌사다. 울프는 일기에 "비타가 올랜도다."라고 밝혀놓았다. 색빌웨스트가 한때 남성이었다가 여성으로 변한다는 구상을 일기에 적어놓은 것이다. 《올랜도》는 전기를 가장한 독특한 소설이다. 감사의 말과 색인을 곁들인 형식은, 울프의 의도를 눈치채지 못한 독자라면 이 책을 실존했던 올랜도라는 인물에 대한 전기로 착각하게 만든다.

또 일기에 적고 있듯이, 《올랜도》는 《댈러웨이 부인》이나 《등

울프의 동성 연인 색빌웨스트는 소설 《올랜도》의 실제 모델이었다.

대로》에서 자신의 글쓰기 욕망을 억누르면서 문장을 시적으로 조련하던 부담감을 훌훌 털어낸 작품이라는 점에서 작가의 해방 감을 고스란히 느낄 수 있다. 일단 이 작품은 전기라는 글쓰기 장르에 대한 패러디다. 울프는 왜 이런 전기의 패러디를 쓰고자 했을까? 앞에서 이야기했듯이, 인명사전을 편찬한 아버지를 의식해서 그랬을 수도 있다.

그러나 울프는 〈새로운 전기〉라는 에세이에서 전기문학 자체를 "화강암처럼 단단한 진실과 무지개 같은 인물 성격을 매끄럽게 엮어내는 것"이라고 말한다. 말하자면 전기라는 글쓰기 형식이야말로 진실과 인물을 동시에 그려낼 수 있는 장르인 것이다.

이런 의미에서 울프는 《올랜도》를 전기 형식으로 쓰고자 했다고 볼 수 있다. 소설이지만 진실을 다루는 글쓰기에 대한 고민이 《올랜도》로 실현된 셈이다. 울프는 일기에 "생생하고 재기 넘치는 책"으로 《올랜도》를 쓰고자 했다고 기록했다. 《등대로》처럼 심연으로 내려가서 형상들을 탐구하기보다 충동적으로 작품을 써 내려갔다고 진술한다.

인류사에서 여성 억압은 보편적이다

한 가지 흥미로운 점은 《올랜도》를 통해 '재미'를 얻고 싶었다는 울프의 고백이다. 사물을 희화화해서 가치를 부여하고 싶었다는 것인데, 이런 전기문학에 대한 희화화는 궁극적으로 여성운동사를 쓰겠다는 취지로 연결된다.

《올랜도》를 재미있게 쓰는 것과 여성운동사를 쓰는 것은 무슨 관계일까? 여기에서 울프의 비장한 각오를 읽을 수 있다. 인명사전을 편찬한 아버지를 가진 울프에게 전기문학이란 '영국 전통'의 재현이다. 이 전기문학의 전통에서 압도적인 '위인들'은 당연히 남성일 것이다. 이런 남성적 전통에 저항하기 위한 수단으로 울프는 특정한 여성의 지위를 버리고 익명의 존재로 스스로를 자리매김한다. 전기는 분명 실제 이름이 있는 위인에 관한 이야기인데, 울프는 작가인 자신을 익명의 자리에 데려다 놓았다. 이런 기획은 상당히 의미심장하다.

《올랜도》를 출판할 무렵 울프는 여러 초청 강연을 다녔는데, 그중 하나가 앞에서 소개한 케임브리지 대학 강연이다. 그리고 그 내용을 책으로 엮은 것이 《자기만의 방》이다. 전후 사정을 살펴보면 울프의 페미니즘은 상당 부분 색빌웨스트와 맺은 관계에서 발아한 것이라고 할 수 있다. 《자기만의 방》을 보면, 여성이라는 이유만으로 대문 근처에도 갈 수 없었던 대학에 대한 비판적 태도를 확인할 수 있다.

물론 울프는 대학 교육에 화풀이를 하는 것이 아니다. 오히려 왜 여성이 대학을 마음대로 갈 수 없는지, 그 이유를 나름대로 분석해서 보여주려고 한다. 그는 지적인 자유를 위해서 물적 토대가 필요하다는 사실을 누구보다 더 날카롭게 직시하고 있었다. 울프는 이렇게 쓴다.

> 만일 우리 각자 연간 500파운드의 수입과 자기만의 방을 가진다면, 만일 우리가 자신의 생각을 정확하게 쓸 수 있는 용기와 자유에 익숙해진다면, 만일 우리가 거실에서 탈출해서 인간을 인맥이 아닌 현실과 관련해서 본다면, 만일 우리가 하늘이든, 나무든, 다른 무엇이든, 사물을 그 자체로 볼 수 있게 된다면, 인간이라면 그 풍경을 가리지 못할 것이기에, 만일 우리가 밀턴의 유령을 벗어나서 볼 수 있다면, 만일 우리가 매달릴 팔도 없이 홀로 나아가야 하고 남녀의 세계가 아니라 현실의 세계와 자신이 관계 맺고 있다는 사실을, 그것이 사실일 수밖에 없기에, 똑바로 볼 수 있다면, 그때 비로소 우리에게 기회가

찾아와서 셰익스피어의 누이였을 그 죽은 시인이 빈번하게 내려놓았던 육체를 다시 찾게 될 것입니다.²

울프가 언급하는 '셰익스피어의 누이'는 런던의 앨리펀트 앤 캐슬Elepahant & castle 건너편 버스 정류장에 묻혀 있다는 가상의 여성이다. 셰익스피어에게 오빠보다 더 글재주가 뛰어난 누이가 있었다면 어땠을지 상상을 펼치면서 울프는 여성이기 때문에 원천적으로 박탈당한 권리에 관해 이야기한다.

과연 셰익스피어에게 누이가 있었을까? 이 질문을 던진 울프는 절묘한 논리를 전개한다. 16세기에 태어난 여성이 아무리 위대한 재능을 가졌더라도 여성이기 때문에 찬사를 받기는커녕 미쳐버리거나 자살하거나 마녀로 몰려서 죽었을 것이기에, 역설적으로 셰익스피어에게 여동생이 있었는지 알 수가 없다는 것이다. 남성 중심의 역사를 가진 우리는 영원히 그 여동생의 존재 여부를 알 수 없다. 남성 중심주의야말로 절대적 무지를 만들어내는 원인인 셈이다.

이런 가정을 통해 울프가 말하고자 하는 것은 여성 억압의 보편성이다. 여성 억압은 인류사에 내재하고 있다. 네덜란드의 문화연구자 이엔 앙Ien Ang은 《댈러스 보기의 즐거움Het geval Dallas》이라는 책에서 왜 네덜란드 여성들이 현실과 동떨어진 미국의 통속 드라마 〈댈러스〉를 보고 공감하는지 분석했다. 이 분석에서 그는 네덜란드 여성들이 부자의 이야기에 매료된 것이 아니라 드라마에 등장하는 여성의 처지에 공감했다고 결론을 내린다.

여성 억압의 보편성은 이처럼 일반적인 문화 현상으로 모습을 드러내기도 한다. 너도나도 억압되어 있기에 드라마에 등장하는 여성의 불행에 쉽게 공감할 수 있다는 이 논리는 여성 억압 문제를 고민할 때 반드시 고려해야 하는 중요한 문제다.

그런데 울프는 이 지점에서 흥미로운 생각할 거리를 던져준다. 울프는 픽션에 등장하는 여성과 현실을 살아가는 여성을 구분한다는 점에서 이엔 앙과 같은 '문화주의'의 한계를 다소 비켜간다. 다시 울프의 말을 들어보자.

> 정말로 여성이 남성들이 쓴 픽션처럼 살아갈 수 있다면, 우리는 그 여성을 최고로 중요한 인물이라고 상상할 수 있을지도 모릅니다. 다채롭고 영웅적일 뿐만 아니라, 비열하기도 하고, 빛나거나 천박하고 한없이 아름다우면서 극단적으로 가증스럽고, 남성 못지않게 위대하기도, 어떤 이들은 남성보다 더 위대하다고 추켜세우기도 합니다. 그러니 이런 여성은 픽션에 있을 뿐입니다. 실제로는 트리벨리언 교수가 지적하듯이, 방에 갇혀 두드려 맞고 내동댕이쳐졌던 것입니다.[3]

울프가 살았던 시대의 여성은 앙이 묘사하는 네덜란드 여성들보다 더 척박한 현실에서 신음했다. 에드가 드가Edgar De Gas가 1869년에 그린 〈내실〉이라는 작품은 당시 여성들이 처해 있던

에드가 드가, 〈내실〉, 1869년.

현실을 간접적으로 보여준다. 이 그림에서 문에 기대 서 있는 남
성에게 등을 돌리고 있는 여성은 울고 있다. 이 장면에 등장하는
여성은 옷이 반쯤 벗겨진 것으로 보아 남성에게 성폭력을 당한
것처럼 보인다. 그래서 이 그림의 제목은 '강간'이기도 하다.

드가의 작품은 에밀 졸라Émile Zola의 소설 〈마들렌 페라Madeleine
Férat〉에 등장하는 장면을 화폭으로 옮겨놓은 것이다. 이 그림은
19세기를 살아가는 여성의 삶을 단편적으로 보여준다. 19세기의
'내실'은 이처럼 여성에 대한 폭력이 난무하던 공간이기도 했다.

그러나 졸라 소설의 주인공 마들렌이 "당신은 나를 사랑하지
만 나를 갖지 못해서 고통스러울 것"이라고 외치듯이, 울프 역시

주어진 조건에 복종하며 가만히 있지 않았다. 여성들이 차별받는 현실과 부딪히면서 상황을 개선하고자 노력했다.

《자기만의 방》에서 울프는 익명의 여성을 내세워서 발언한다. 셰익스피어의 여동생도 익명의 여성 가운데 한 명이다. 울프가 자신을 익명의 자리로 옮긴 까닭이 이것이다. 작가 울프를 돋보이게 하기보다 모든 여성을 대표해서 울프 자신이 말하고 있다는 사실을 강조하기 위함이었다. 울프는 결코 현실에 눈감지 않았다.

울프는 일부 비평가들이 이야기하듯이 당대 현실을 외면하고 자족적인 미학 세계를 구축하여 안주하지 않았다. 《올랜도》만 하더라도 그렇다. 당시에는 양성적인 인물을 내세웠다는 이유로 최악의 경우 법정에 설 수도 있었다. 그러나 울프는 실험적인 형식을 도입함으로써 당국의 검열을 성공적으로 피할 수 있었다. 울프는 검열관을 헷갈리게 만들어서 전략적 목표를 달성했던 것이다.

주도면밀한 지식인 울프를 여기에서 발견하는 것은 어렵지 않다. 이 실험적 형식이란 '여성만의 언어'로 남성적 가치의 기준을 따르지 않고 여성 자신에게 맞는 표현으로 말하는 것을 의미했다. 이 은밀한 언어를 아마도 '남성'이었을 '검열관'은 읽어내지 못했을 것이다. 이런 맥락에서 울프는 제인 오스틴을 칭찬한다. 오스틴의 소설은 이런 '여성만의 언어'로 가득하다. 비록 세계관의 한계를 극복하지는 못했다고 해도 이 점에서 오스틴의 소설은 훌륭한 성취를 거두었다고 울프는 생각했다.

그러나 《올랜도》를 쓰면서 울프가 염두에 둔 목표는 제인 오스틴처럼 '여성만의 언어'에 머무르지 않았던 것 같다. 울프는 여성에 대한 차별 자체를 무력화하기 위해 양성적 언어를 고안할 필요가 있다고 생각했다. 오늘에 비추어봐도 과감한 주장이라고 할 만하다.

제인 오스틴은 분명 자기만의 언어를 발명해서 남성 지배의 현실에 저항했지만 그 자체가 남성이라는 반대편을 상정한다고 울프는 생각했다. 울프는 오히려 이런 대립 구도를 넘어서서 성차를 무효화시키는 상상력이 필요하다고 보았다. 《올랜도》는 이런 고민의 산물이라고 할 수 있다.

《올랜도》는 환상적인 서사를 채택한 소설이지만, 울프의 현실주의는 여전히 도저하다. 역시 《댈러웨이 부인》이나 《등대로》가 보여준 서사 구조의 해체는 고스란히 이어진다. 한 명의 인물이 모든 경계를 자유롭게 넘나든다. 시간이나 젠더나 계급은 문제가 되지 않는다. 이런 구성을 통해 울프는 자연적으로 주어진 것이라고 믿었던 정체성의 문제를 전복한다.

울프에게 젠더의 문제는 주디스 버틀러Judith Butler가 말하는 수행성의 반복에 가깝다. 특정한 성 정체성은 반복적 스타일의 문제라는 버틀러의 생각은 젠더 이전의 상태를 상정하는 울프의 생각과 상당히 유사하다. 버틀러도 울프처럼 특정한 성 정체성을 자연적인 것으로 믿는 것에 대해 의문을 제기한다. 다분히 인위적인 규범을 통해 성 정체성이 만들어진다는 것이 버틀러 주장의 골자다. 여기에서 이 인위적인 규범은 남녀의 구분을 정상적인 것, 또는 자연적인 것으로 받아들이게 만드는 기제다.

따라서 이성애라는 것은 버틀러가 보기에 이런 강제성을 통해 관습과 언어로 스며들어 있는 것이다. 관습과 언어는 통상 '개인'이라고 불리는 자율적 존재를 지배한다. 버틀러는 이런 의미에서 '개인'을 부정하고 정체성과 언어의 관계를 강조하기 위해 '주체subject'의 개념을 도입한다. 이 개념은 자기 자신의 주인인 것처럼 굴지만 실상은 다른 사람에게 종속된 인간 존재의 상태를 설명해준다.

버틀러는 어떤 '주체'도 정체성을 확고하게 결정하지 못한다고 주장한다. 젠더 역시 마찬가지다. 인간은 남녀로 태어나는 것이 아니라 태어난 뒤에 남녀로 결정된다. 젠더는 개인의 신체에 내재해 있는 것이 아니라 사회를 통해 구성된다는 것이 요지다.[4]

버틀러와 마찬가지로 울프에게 젠더는 단순히 남녀를 나누는 자연적 구분이 아니다. 오히려 젠더는 아는 것에 대한 근본적인 토대를 이룬다. 울프는 페미니즘의 이름으로 여성의 권리를 주장함과 동시에 지식을 다시 만들어내는 인식론의 지평까지 나아가고 있다. 이 점에서 울프는 독창적이라고 이야기하기에 손색이 없다.

　말하자면 젠더의 관점에서 볼 수 없다면 '현실성'을 파악하는 것은 불가능하다. 남녀라는 분할 이전의 상태를 염두에 두어야만 '현실성'은 온전하게 모습을 드러낼 것이다. 이런 의미에서 울프의 페미니즘은 현실을 제대로 받아들이고 이해하기 위한 중요한 철학적 태도이자 방법으로 새삼 밝혀진다. 사물 자체는 남녀라는 젠더의 분할 너머에 있다. 그 너머에 있다는 '현실성'을 직시하기 위해 필요한 것은 남녀라는 분할을 극복한 양성의 관점이라고 할 수 있다.

　울프의 양성애가 무엇을 의미하는지 이 지점에서 다시 되새겨 볼 필요가 있다. 성욕을 '현실성'의 문제로 파악했다는 점에서 울프의 입장은 정신분석학이 개척한 문제의식을 확장하는 것이다. 또 오늘날 중요한 의제로 부상한 주체를 둘러싼 쟁점에 비추어 생각해도 선구적인 통찰을 제공한다고 할 수 있다.

　울프의 글쓰기는 끊임없이 주체의 문제를 탐구한 노력의 산물이었다. 이 지점에서 여성이라는 처지는 중요한 출발점이었다. 물론 울프는 출발점을 떠나자마자 다른 사람이 규정하는 여성의 범주를 용감하게 넘어가 버린다. 울프는 남성을 통해 규정되는 여성이라는 범주 자체를 해체하고자 했다.

　여성이라는 범주를 해체하는 방법을 울프는 '현실성'을 대하는 지성의 문제에서 찾았다. 이런 울프의 생각은 한계를 내포하고 있을 수도 있다. 하지만 그가 남성과 여성의 역할을 '자연스러운 것'으로 믿고 본성적으로 주어진 것이라고 강요하는 관습을 뒤흔들었다는 점은 몇 번을 강조해도 지나침이 없을 것이다.

The Common reader

Virginia Woolf

《보통의 독자》, 평범한 사람을 위한 독서법

울프는 대중 교육의 일환으로 독서를 권장해야 한다고 믿었다. 울프에게 독서는 단순하게 책 한 권을 읽는 것이 아니라, 삶을 바꾸는 실천적인 결단이 필요한 행동이었다. 이 같은 생각은 울프 본인의 경험에서 우러나온 것이다. 여성이기에 대학 교육을 받을 수 없었던 자신의 처지를 극복하기 위해 울프는 공공 도서관을 이용했다. 그 전까지 책이나 서재는 부유한 귀족들만의 사치품이었지만, 울프의 시대에 공공 도서관은 누구나 책을 읽을 수 있는 혁명적 공간이었다. 울프는 당대의 누구보다도 아무나 책을 읽을 수 있다는 사건의 의미를 제대로 이해한 작가였다. 《보통의 독자》는 이런 자신의 철학을 실천하기 위해 쓴 책이다.

책을 어떻게 읽어야 할까

책은 인류의 역사에서 가장 오래된 기억 저장 테크놀로지다. 지금 우리가 사용하는 컴퓨터 저장 장치 이전까지 책은 기억을 저장할 수 있는 가장 유용한 테크놀로지였다. 니콜 하워드Nicole Howard는 이렇게 말한다.

> 문자가 없는 구술 문화에서 책과 가장 가까운 것은 기억이었다. 그런 문화권에서도 사람들은 서로 이야기와 아이디어를 교환했지만 다시 떠올릴 때마다 매번 조금씩 변경시킬 수밖에 없었다. 그러나 기원전 6000년경 문자의 도입으로 기억을 이미지와 글로 고정시킬 수 있게 되었다. 석판이나 두루마리나 목판 같은 것에 이야기와 아이디어를 기록함으로써 문자의 편리함은 더욱 향상되었다. 책은 이런 발전의 결과이고 복합적으로 연관된 테크놀로지의 핵심적인 산물이다.[1]

그러나 구텐베르크의 인쇄술이 등장하기 전까지 책은 참으로 보기 드문 귀한 존재였다. 책 한 권을 만드는 일은 어려운 공정을 수십 번 통과하는 지난한 길이었다. 그래서 중세 유럽에서 책 한 권 값은 장원 하나 값을 호가했다.

　이토록 희귀한 책이 대량생산의 길에 접어들 수 있었던 것은 인쇄술 덕분이었다. 한때 소유하는 것만으로도 높은 신분을 상징하던 책은 이제 누구나 가지고 있어야 하는 필수품으로 자리매김했다. 독서에 대한 울프의 문제의식도 이런 책의 대중화라는 객관적 조건에서 출발했다. 누구나 책을 소유할 수 있고 읽을 수 있다. 그러나 정작 그 책을 어떻게 읽을지 정확한 안내가 없다는 것이 울프의 문제의식이었다.

　물론 울프가 이런 말을 할 때 염두에 둔 대상은 자신처럼 전문적으로 글을 쓰고 읽는 작가나 지식인이 아니라 책만 사놓고 어떻게 읽어야 할지 몰라서 우왕좌왕하는 평범한 독자들이었다. 이런 사람들을 울프는 '보통의 독자'라고 불렀다. 울프는 이 명명을 새뮤얼 존슨Samuel Johnson에게서 빌려온 것이라고 밝혔다.

　〈책을 어떻게 읽어야 할까?〉라는 에세이에서 울프는 독서법에 관한 흥미로운 제안을 한다. 그에게 책은 무엇보다도 일상의 일부분이다. 열어놓은 서재 창문으로 나무가 서걱거리는 소리가 들리고 정원사의 말소리가 들린다. 당나귀 울음소리가 들리고 우물가에서 잡담을 나누는 아낙네들도 보인다. 책을 읽는 서재는 그렇게 바깥의 일상과 연결되어 있는 것이다.

　울프는 독서를 일상으로 삼으라고 조언하는 셈이다. 그다음에 남는 문제는 책을 어떻게 읽을지 구체적으로 고민하는 것이다. 울프는 독자처럼 책을 읽지 말고 작가처럼 읽으라고 이야기한다. 재판정의 판사가 아니라 피고인석에 선 범인처럼 책을 읽어야 한다는 것이다. 그래야 작가가 어떤 방식으로 이야기를 풀어가는 지 알아차릴 수 있다고 말한다.

울프에게 책은 이미 알려진 지식을 얻는 수단이 아니다. 파리가 프랑스의 수도라거나 영국의 국왕 존이 마그나카르타^{Magna Carta}(대헌장)에 서명한 왕이라는 따위의 시시콜콜한 지식을 얻는 것은 독서의 목적이 아니라는 말이다.

울프는 차고 넘치는 책들이 각기 다른 종류의 동물이라고 언급한다. 같은 모양새라고 다 같은 책이 아닌 것이다. 거북, 코끼리, 호랑이가 서로 다른 것처럼 책 하나하나는 서로 다른 종이다. 따라서 가장 어리석은 독서법은 모든 책을 같은 종으로 생각하는 태도다. 모든 책을 거북처럼 대하거나 호랑이처럼 대하는 오류 말이다.

울프는 각각의 동물을 다르게 다루어야 하듯이 책도 각각 다르게 취급해야 한다고 주문한다. 책은 동물들처럼 경계를 넘어 무리 짓고 새로운 종으로 번식한다. 이런 책을 읽는 방법은 그냥 구경꾼처럼 돌아다니는 것이 아니다. 울프는 적극적인 독서법을 주문한다.

세 작가가 걸인을 이야기하는 방법

울프는 책을 제대로 읽고자 한다면 먼저 무엇이든 써보는 것이 좋다고 말한다. 예를 들어 길에서 걸인을 만나는 장면에 대해 써보라는 것이다. 한마디로 울프는 작가의 자세로 책을 읽자고 말하면서 독자에게 작가의 자리를 권면하고 있다.

울프는 친절하게 대니얼 디포Daniel Defoe, 제인 오스틴, 토머스 하디Thomas Hardy를 예로 들면서 이 작가들이 각각 어떻게 길에서 마주친 걸인에 대해 묘사할 것인지 설명한다. 먼저 《로빈슨 크루소》의 작가 디포는 어떨까? 울프는 디포를 '서사의 달인'이라고 칭한다.**2** 한마디로 이야기꾼이라는 말이다. 이런 이야기꾼이라면 아마도 걸인의 이야기를 질서 정연하고 단순하게 만들어낼 것이다. 기승전결이 딱 맞아떨어지는 이야기 구조를 가진다는 뜻이다.

울프는 디포가 군더더기 없이 자신이 원하는 이야기로 독자를 이끌어서 결론을 내릴 것이라고 생각했다. 무엇보다도 디포의 능력은 독자에게 확신을 준다는 점에 있다. 모든 일은 실제로 일어난 것처럼 만들어내는 것이 디포의 장점이다. 이를 위해 디포는 전체 이야기를 놓고 보면 불필요한 세부 사항을 슬쩍 끼워 넣어서 이야기의 진실성을 더할 것이라고 울프는 평가했다. 예를 들면 《로빈슨 크루소》에서 부친의 통풍에 대해 언급하는 장면이 대표적이다. 이 장면에서 통풍이라는 요소는 소설 전체에서 아무런 의미를 갖지 않는 세부 사항이다. 그러나 이런 불필요해 보이는 요소가 실질적으로 디포의 이야기에 생생함을 불어넣어 준다고 울프는 판단했다.

한편 디포와 달리 오스틴은 걸인과 마주치는 순간 자신의 이야기로 단숨에 전환할 것이라고 울프는 말한다. 오스틴은 걸인을 만난 그 거리나 상황에 아무런 관심이 없을 것이고, 다만 거지라는 인물의 성격이 매우 중요할 것이다. 따라서 오스틴에게 걸인은 더 이상 걸인이 아니라 난롯가에 앉아 과거를 회상하는 초로의 중상류층 신사로 비친다. 이 신사의 일생을 묘사하기 위해 오스틴은 아주 공들여서 도입부를 서술하고 곧바로 인물의 이야기로 넘어가리라.

그렇다면 토머스 하디는 어떨까? 울프는 흥미진진하게, 만일 하디라면 걸인의 거리를 황야로 바꿀 것이라고 말한다. 그렇게 하디 소설의 주인공은 인간을 향하는 것이 아니라 자신의 운명을 향해 돌진할 것이다.

서로 다른 작가들의 책이 가진 개성을 일일이 짚어내면서, 울프는 책을 각기 다르게 읽어내야 할 필요성을 역설한다. 소설가는 자신만의 방식으로 이야기를 다루기 때문에 아무리 책이 많더라도 개인이 책과 맺을 수 있는 관계는 은밀하고 사적일 수밖에 없다. 이처럼 울프의 독서법은 책에 대해 전문적인 관점을 갖고 있지 않은 '보통의 독자'에게 어떻게 책을 제대로 읽을지 조언하기 위한 기획이었다.

《보통의 독자》 평범한 사람을 위한 독서법

책, 생활 잡화가 되다

이런 생각을 발전시켜서 울프는 《보통의 독자》라는 책을 출간한다. 이 책의 서문에서 울프는 '보통의 독자'를 비평가나 학자와 구분한다. 교육을 제대로 받지 못하고 성격도 급한 이 '보통의 독자'는 지식을 얻거나 다른 사람의 의견을 교정하기 위함이 아니라 자신의 즐거움을 위해 책을 읽고자 한다. 당시의 상황에서 보면 결코 바람직하지 못한 독자이기도 하지만, 울프는 이 '보통의 독자'야말로 책의 미래라고 생각했다. 이들 '보통의 독자'는 문학이라는 편견에 오염되지 않았고, 섬세하며, 배움의 도그마_{dogma}를 넘어서 있다. 오직 즐거움을 찾아 책을 읽기 때문에 거드름을 피우면서 책에서 얻은 지식을 자랑하거나 과시하지 않는다. 자기 자신을 창조하겠다는 본능이 그를 독서로 이끄는 것이다.

본능에 충실한 독서가. 바로 그 독서가가 '보통의 독자'인 셈이다. 그래서 그는 닥치는 대로 이것저것 읽는다. 이 시에서 한 구절을 취하고, 낡은 가구에서 무엇인가를 찾아낸다. 어떤 결론이 나든 상관하지 않는다. 이 '보통의 독자'는 무한한 잠재력을 지녔지만, 아직은 가공하지 않은 원석 같은 존재다. 본능에 이끌려서 책을 읽기 시작한 '보통의 독자'에게 독서법을 알려주는 것이 중요하다고 생각한 울프. 그래서 그는 《보통의 독자》를 세상에 내보였을 것이다.

사실 누구나 책을 읽게 된 시대에 책을 읽는다는 것 자체를 심각하게 생각하는 경우는 드문 것 같다. 하지만 울프는 예리하게 독서라는 행위의 의미를 잡아내어서 '보통의 독자'라는 숨어 있는 사회의 층위를 밝혀낸다.

독서와 인류 역사의 관계를 들여다보는 논의는 이미 많이 있었다. 그중에서도 울프의 생각이 특이한 것은 독서를 '본능'으로 파악하고 있다는 점이다. 울프가 이 글을 쓸 당시 런던의 출판 산업은 가히 붐을 일으키고 있었다. 19세기 들어 본격화한 장거리 기차 여행으로 간편하게 들고 다닐 수 있는 제책 형태가 출현하게 되었다. 그전까지 책은 서재나 공공 도서관에서 읽는 것이었지만, 이제 여행을 다닐 때 언제나 휴대하면서 읽을 수 있는 매체가 되었다. 너도나도 책을 읽는 것이 상식처럼 자리 잡은 시절이었다.

지금도 런던에 가면 이 당시의 '유물'을 발견할 수 있는데, 바로 WH Smith라는 체인점이다. 이 체인점은 온갖 잡지와 페이퍼백 소설책뿐만 아니라 각종 문구를 팔고 있다. 1792년 헨리 월턴 스미스와 그의 부인 애나가 런던의 리틀 그로스브너 거리에 연 작은 신문 가판대가 시초였다.

그로부터 56년 뒤에 W. H. Smith & Son이 런던 유스턴역에 최초로 철도 서점을 개설했다.[3] 당시에 루틀리지 출판사가 발간한 철도 문고나 여행서, 삽화 소설, 명저 선집 같은 시리즈들이 이 상점을 통해 팔려나갔다. 이 책들은 대체로 8절판이었고, 가끔 16절판으로 제작되기도 했다. 물론 모든 책은 손쉽게 구해서 읽을 수 있는 것을 목표로 했다. 1935년에 이르러서는 책도 양말이나 차와 함께 '잡화점 진열대'에 당당히 전시되었다. 서점이나 신문 가판대가 아니라 카페나 문방구, 담배 가게에서 팔지 말란 법이 없었다. 앨런 레인Allen Lane의 펭귄 출판사가 바로 이렇게 탄생한 것이다.

영국의 출판업자 앨런 레인은 주말을 지인의 집에서 보내고 런던으로 돌아가던 기차에서 적당하게 읽을 만한 책이 없다는 사실을 깨달았다. 이미 정평이 난 비싼 책을 아주 밝은 색채로 디자인해 값싼 페이퍼백 시리즈로 다시 내는 것이 어떨지 고민하다가 마침내 실행에 옮겼다. 울프가 본능에 충실한 '보통의 독자'를 상정했다면, 앨런 레인은 지식인이든 '보통의 독자'든 모두를 만족시키는 책을 만들겠다는 야심을 품었다.

마침내 1935년 7월 30일 펭귄 시리즈의 첫 열 권이 권당 6펜스의 가격표를 달고 세상으로 나왔다. 처음에는 기대에 미치지 못했지만, 잡화점 체인인 울월스Woolworths,Ltd와 제휴하면서 선풍적인 인기를 끌게 되었다. 책이 말 그대로 생활 잡화의 일종으로서 새롭게 조명을 받게 되었다. 물론 이런 현실에 모두가 기분 좋았던 것은 아니다. 작가 조지 오웰George Orwell은 펭귄 시리즈가 작가를 길러내는 대출 문고(유료 대출 도서관)의 쇠퇴를 가져와서 창작 의욕을 꺾어놓을 것이라고 걱정했다.

압도적인 물량으로 승부를 건 펭귄 출판사는 영국의 팽창주의와 맞물려 세계 곳곳에 영국 작가의 작품들을 공급했다. 결과적으로 오웰이 걱정한 문제는 해소되었지만 새로운 문제가 부상했다. 울프가 말년에 고통스럽게 응시한 제국의 문제였다. 이후의 역사를 살펴보면, '보통의 독자'를 강조한 울프의 판단은 참으로 시의적절하고 적확했다. '보통의 독자'야말로 독서의 역사에서 새롭게 출현한 평범한 개인의 존재 방식이었다. 울프는 이 평범한 개인을 삼라만상의 지식으로 들어서게 만드는 행위가 바로 독서라는 사실을 간파하고 있었다. 독서야말로 인류의 역사를 가능하게 만든 핵심적인 기제였던 것이다.

여기에서 중요한 것은 울프가 '보통의 독자'를 이런 발전의 주력으로 생각했다는 점이다. 독서의 미래를 비평가나 학자가 아닌 자기 발전의 본능으로 독서에 매달리는 '보통의 독자'에게서 찾았다는 점에서 울프의 생각은 오히려 지금 상황에 부합하는 발상이었다.

'보통의 독자'를 위한 에세이

《보통의 독자》는 울프가 1925년에서 1932년까지 여러 잡지에 기고한 에세이를 모은 선집이다. 울프가 기고한 잡지의 범위는 정말 넓다. 《타임스 문예부록The Times Literary Supplement》이라는 서평지부터 《네이션The Nation》과 《뉴 스테이츠먼New Statesman》 같은 시사지 그리고 《보그Vogue》 같은 패션지까지 망라해서 울프는 '보통의 독자'를 설파하기 위한 에세이를 기고했다.

이 에세이들에서 '보통의 독자'는 일종의 페르소나에 해당한다. 이 '보통의 독자'에 감정이입을 한 울프가 이런저런 책을 읽는 예시를 제시하는 것이 특징이다. 책은 시리즈에 따라 분책되어 있는데, 1권에는 제프리 초서, 미셸 드 몽테뉴, 제인 오스틴, 조지 엘리엇, 조지프 콘래드 등의 작가론과 함께 그리스어와 근대 에세이에 대한 글을 담았다. 2권에서는 존 던, 대니얼 디포, 도러시 오즈번, 메리 울스턴크래프트Mary Wollstonecraft, 토머스 하디 같은 작가들을 다루었다. 이외에도 다양한 작가와 주제가 등장한다.

가령 울프는 〈그리스어를 모른다는 것에 대하여On Not Knowing Greek〉라는 에세이에서 천연덕스럽게 "그리스어를 아는 것에 관해 이야기하는 것은 덧없고 바보 같은 일이다."라고 말한다. 그럼에도 우리는 그리스어를 읽기를 바라고, 알고자 노력하며, 마치 그것으로부터 소외된 것처럼 느끼고, 이상한 해석이라도 한 줄 해보려고 시도하며, 누구라도 그리스어를 제대로 말할 것 같은 사람을 흉내 내고자 한다.

그리스어는 교양의 상징이다. 우리도 그렇지만, 당시에도 번역본만 읽는 것에 만족하지 못하고 원전을 원어로 읽어보고 싶은 마음이 굴뚝같았던 것이다. 그럼에도 고대 그리스어는 배우기 만만한 언어가 아니다. 울프가 상정하는 '보통의 독자'에게는 더 그랬을 것이다. 그래서 울프는 '보통의 독자' 입장에서 그리스 문학에 대해 논하기 시작한다. 그 방법은 무엇일까? 바로 그리스 문학을 일반적인 정설과 달리 읽어내는 것이다.

그리스 문학은 비개성적이라는 것이 합의된 사안이지만, 울프는 소포클레스를 집어서 펼쳐 읽어보면 이런 합의가 반드시 옳은 것은 아니라는 사실을 알 수 있다고 말한다. 아가멤논의 아들을 묘사한 장면에서 주변 상황을 적절하게 떠올릴 수 있는 것이다. 이 상황을 영국에 이입하면 훨씬 이해하기 쉬울 수 있다. 울프가 조언하는 것은 간단하다. 그리스 문학처럼 당시 영국과 아무 관계 없어 보이는 문학조차 개성화해서 읽게 되면 우리의 이야기처럼 다가올 수 있다는 말이다. 이미 다 소멸해버린 문명의 이야기일지라도 오늘을 살아가는 '보통의 독자'의 입장에서 읽는다면 그 의미가 훨씬 생생하게 살아날 것이다.

《오디세이아Odysseia》를 설명하는 울프를 보자. 그는 이 작품을 한마디로 "바다에서 펼쳐지는 모험담"이라고 정의하면서 "다음에 무엇이 일어날지 즐겁게 기대하는 어린이의 마음"으로 이 작품을 읽을 것을 주문한다.[4]

울프의 독서법은 지금 우리에게 적용하더라도 손색이 없다. 한국 역시 원전주의라면 영국에 못지않은 곳인데, 울프의 충고를 새겨들을 필요가 있지 않을까. 이런 정서는 "위선적인 독자여, 나의 친구여, 나의 형제여!"라고 외쳤던 샤를 보들레르와 격을 같이하면서도 달리하는 지점이다.

울프에게 '보통의 독자'는 형제라기보다 자매에 가깝다. 메리 울스턴크래프트에 대한 에세이에서 이런 추측은 명확해진다. 《프랑켄슈타인Frankenstein》의 저자인 메리 셸리의 모친이기도 한 울스턴크래프트는 울프에게 여러모로 영향을 준 것으로 보인다. 울프는 이 여성운동가이자 작가에 대해 다음과 같이 썼다.

> 그가 죽고 묻힌 지 어언 130년이 흐르면서 수많은 사람이 죽고 잊혔지만, 그럼에도 우리는 그의 편지를 읽고 주장에 귀 기울이면서 그의 실험, 무엇보다 고드윈과 맺은 관계라는 가장 유익한 실험을 숙고해야 한다.

울프는 이 실험의 가치야말로 울스턴크래프트를 불멸의 존재로 만드는 이유라고 과감하게 주장한다. 이 에세이를 읽고 있으면 울스턴크래프트를 '보통의 독자'에게 소개하면서 그의 가치를 되새기자고 주장하는 '여성운동가' 울프를 떠올리지 않을 수 없다. 울스턴크래프트 못지않게 자신의 삶을 한계까지 실험한 당사자이기도 한 울프는 이 에세이에서 특유의 복잡한 문장을 버리고 간결하면서 선동적인 문장을 채택한다.

소설가 울프도 훌륭하지만, 이런 울프도 좋다. 테리 이글턴이 영국 지식인의 태생적 보수성을 언급했을 때, 그의 시야에 울프는 들어오지 않았던 것 같다. 《보통의 독자》는 울프야말로 이런 선입견을 단번에 날려버릴 수 있는 20세기 영국 최고의 지식인 중 한 명이라는 믿음을 다시 확고하게 만들어주는 책이다.

이 책은 그냥 독서법을 알려주는 것에 그치지 않는다. 독서 행위의 정치성을 되새겨보게 만드는 미덕을 울프는 유감없이 발휘

한다. 한국 역시 한때 고전 읽기 열풍이 불었다. 울프가 되살아나 한국에 온다면 비개성적인 고전을 개성화해서 한국의 실정에 맞게 읽으라고 주문할 것이다. 과거의 책이 당대와 조우하고 소통하면서 새로운 종을 끊임없이 번식시키는 방식이야말로 제대로 책을 읽는 방법이라고 강변하지 않을까 싶다. 이런 의미에서 울프는 20세기보다 21세기에 적합한 지식인이자 작가라고 할 수 있다.

울프는 글을 통해 소설적 실험 못지않게 정치적 실험을 감행했다. 독서는 바로 글쓰기의 다른 면이라는 사실을 울프는 일찌감치 간파했다. 그러니까 울프의 이상향이 있다면 그 이상향의 거주자들은 모두 책을 읽고 글을 쓰지 않을까. 울프가 충고하는 독서법의 핵심은 독자로 머무르지 말고 스스로 작가가 되기 위해 책을 읽어야 한다는 것이다.

독서를 중요한 대중 교육 수단으로 확신했다는 점에서 울프는 오늘날 매체를 통해 스스로 학습하는 '온라인 대중'에게 더 적합한 가르침을 준다. 울프는 계급과 젠더의 구속 때문에 애초에 학습 기회를 박탈당한 대중이 스스로 독서를 통해 자율적인 존재로 거듭날 수 있다는 사실을 강조했다. 말할 것도 없이 이런 확신은 울프 자신의 경험에 따른 것이다. 지금이라도 울프의 조언에 따라 책을 펼치자. '보통의 독자'야말로 진정으로 독서의 즐거움에 매료된 미래의 존재라는 울프의 신념은 여전히 옳다.

the Waves
Virginia Woolf

the Hogarth Press

《파도》,
영화의 시대

《파도》는 《등대로》와 함께 울프 소설 미학의 절정으로 평가받는 작품이다. 그는 《파도》를 일컬어 산문이면서 시이고 소설이면서 드라마라고 말했는데, 이렇게 모든 문학 장르를 아우르는 효과를 우리는 영화에서 찾을 수 있다. 이야기는 간단하다. 해가 떠서 지는 하루가 묘사된다. 그러나 그 시간을 다채로운 여섯 명의 등장인물들이 가득 채운다. 소설은 한순간에 머무는 등장인물의 외면 묘사에 그치지 않고, 그 인물의 성장과 노쇠 그리고 죽음까지 모두 보여준다. 물리적 시간을 넘어서 삶 자체를 그리고자 한 소설이다. 자연법칙을 초월한 삶의 확장성이라는 측면에서 이 작품은 1960년대 이후에 나타난 현대 철학의 문제의식을 연상시킨다.

영화의 시대를 전망하다

"나의 픽처 팰리스에 갔다, 레너드와 함께."

울프는 1915년 1월 15일 일기에 이렇게 썼다.[1] 그날은 금요일이었다. 픽처 팰리스picture palace는 미국의 무비 팰리스movie palace라고 불리던 대형 영화관의 영국 판본이다.

울프가 그곳에서 본 영화는 요즘으로 치면 영화라고 부르기 민망한 '활동사진'이었다. 바그다드에서 목재를 옮기는 바지선이나 가라앉는 요트 따위를 보여주는 단조로운 영상이지만, 관객들은 탄성을 지르고 박수를 쳤다. 울프는 "두세 장면은 대단했다."라고 평하면서도 대체로 드라마는 지루했다고 불평을 한다. 픽처 팰리스는 1910년부터 지어지기 시작해서 울프가 한창 활동하던 1920년대에 정점을 찍는다. 1915년에 픽처 팰리스를 갔다는 사실에서 알 수 있듯이, 울프는 영화에 지대한 관심을 가졌다.

1895년 뤼미에르 형제(오귀스트 뤼미에르, 루이 뤼미에르)가 처음으로 〈리옹의 뤼미에르 공장에서 퇴근하는 노동자들〉이라는 단편영화를 만들어 상영하면서 본격적인 영화의 시대가 열렸다는 것이 정설이다. 최초의 영화로 잘못 알려진 〈기차의 도착〉은 그로부터 1년 뒤에 상영된 것이다. 뤼미에르 형제는 단순히 영화를 찍어서 상영만 한 것이 아니라 영화를 찍기 위한 기계도 새롭게 만들었다.

최초의 영사기는 미국인 에드워드 마이브리지가 만든 '주프락시스코프zoopraxiscope'였다. 그러나 이 원시적인 기계는 그림이나 사진을 연속으로 보여주는 기능에 그쳤다. 뤼미에르 형제는 '시네마토그래프cinematograph'라는 촬영과 영사를 동시에 할 수 있는 기계를 발명한 것으로 알려져 있지만, 이들보다 앞서 비슷한 영상기계인 키네토스코프kinetoscope를 만들어서 1891년에 최초로 '상영'한 장본인은 발명왕 에디슨이었다. 영화를 둘러싼 치열한 발명 레이스가 펼쳐졌는데, 그만큼 영화가 새로운 문화 산업으로 주목을 받았다는 의미일 것이다.

이런 영화에 대해 모더니스트 울프가 민감하지 않을 수 없었으리라. 너도나도 영화 이야기를 했을 테니 언제나 대중의 움직임에 촉각을 세우고 있었을 울프가 영화를 그냥 지나쳤을 리 없다.

아니나 다를까, 울프는 영어권에서 최초로 영화라는 새로운 예술 장르에 대해 논한 작가다. 그는 〈시네마The Cinema〉라는 에세이를 썼다. 이 에세이에서 울프는 다가올 영화의 시대를 전망한다. 지금은 영화감독이 일상에서 벌어지는 단순한 이미지들을 담기에 급급하지만 이렇게 현실을 그대로 복사하는 일에 만족한다고

최초의 영화 〈리옹의 뤼미에르 공장에서 퇴근하는 노동자들〉의 한 장면.

보기 어렵다고 울프는 진단한다. 이 영화감독은 자신만의 예술을 만들어내기 위해 자연의 이미지를 바꾼다. 이렇게 예술이 되기 위해 영화는 다른 예술 장르에 도움을 요청할지도 모른다. 그런데 울프는 이렇게 말한다.

참으로 많은 예술이 처음으로 도움을 주고자 채비를 하고 있다. 예를 들어, 문학이 그렇다. 잘 알려진 인물들과 유명한 장면들을 거느린 세계적으로 명망을 가진 소설들이 부탁만 하면 흔쾌히 영화로 만들어질 참이다. (이렇게 소설을 영화로 만드는 것은) 얼마나 쉽고 간단한가? (그러나) 영화는 (상상력을) 깡그리 박탈당하고 다른 예술들의 먹잇감으로 전락해 불행한 희생자로 겨우 살아갈 것이다. 이런 결과는 영화와 다른 예술 모두에게 재난이다. 이 동맹은 자연스럽지 못하다. 함께 무엇인가를 하면 할수록 눈과 뇌는 가차 없이 둘로 찢어져버릴 것이다. **2**

눈과 뇌가 서로 분리되어버린다니, 무슨 말일까? 도대체 그 이유는 무엇일까? 안나 카레니나를 예로 들어보자. 이 인물은 톨스토이의 소설에 등장하는 주인공이다. 만일 영화가 이 인물을 시각 이미지로 만들어낸다면, 소설을 읽은 독자는 당혹스러울 수밖에 없을 것이다. 문학적 상상을 통해 자신이 만들어낸 안나 카레니나의 이미지와 영화를 통해 재현된 안나 카레니나가 같을 수 없기 때문이다.

이런 논란은 우리에게도 익숙하다. 울프는 일찍이 앞으로 영화의 발전에 따라 닥쳐올 문제를 내다보았다고 할 수 있다. 그런데 여기에서 울프가 영화와 문학의 재현이 다르다는 사실을 포착한 지점을 주목해야 할 것 같다. 울프는 영화의 재현을 단속적인 언어로 파악한다. 마치 글을 모르는 초등학생의 낙서처럼 문장으로 연결할 수 없는 의미가 파편으로 존재한다는 것이다. 그래서 영화의 경우 키스는 사랑이고, 의자를 부수는 것은 질투이며, 미소는 행복이라는 식으로 표현하게 된다. 이런 방식은 소설가가 소설을 쓰는 방식과 완전히 다르다고 울프는 말한다.

영화는 어떻게 예술이 되는가

울프에게 영화는 무엇보다도 내적인 감정을 표현할 수 있는 예술이다. 지금까지 어떤 예술도 할 수 없었던 내적 감정을 상징물로 표현해낼 수 있다는 점이 영화의 장점이라고 보았다. 이 감정의 상징화는 무의식의 작용을 보여주는 것을 의미한다. 이 지점에서 울프는 무의식을 드러내는 장치로서 영화를 이해했다고 볼 수 있다.

울프가 이 에세이를 쓴 것은 〈칼리가리 박사의 밀실〉이라는 독일 표현주의 무성영화를 본 뒤였다. 울프는 이 영화를 보던 중에 갑자기 화면의 구석에서 올챙이처럼 생긴 작은 점이 점점 커지는 것을 보면서 광인의 뇌 속에서 상상된 괴물을 표현한 것이 아닐까 생각했다고 한다. 물론 상영 당시 기술적 문제 때문에 뜻하지 않은 현상이 나타난 것이지만, 울프는 이 장면을 보면서 문학의 언어로 표현할 수 없는 '공포'의 감정을 영화가 적절하게 표현할 수 있다는 생각을 했다.

영화에 대해 울프만 이런 생각을 했던 것은 아니다. 시기적으로 늦긴 하지만 독일의 철학자 발터 베냐민 역시 비슷한 이야기를 했다.

영화의 특성은 사람이 촬영 장치 앞에서 자신을 연출하는 방식에서만이 아니라 사람이 촬영 장치의 도움을 빌려 주변 환경을 자신 앞에

영화 〈칼리가리 박사의 밀실〉 포스터.

연출하는 방식에서도 볼 수 있다. 개인의 능력을 다루고 있는 심리
학을 한번 보면 우리는 카메라의 능력이 어느 정도인가를 구체적으
로 시험해볼 수 있다. 정신분석학도 또 다른 측면에서 그것을 보여준
다. 실제로 영화는 프로이트의 이론이 사용한 방법들에서 예시된 방
법들로 우리의 지각 세계를 풍부하게 해주었다.[3]

여기에서 베냐민은 영화와 지각의 문제를 연결하고 있다는 점
에서 울프의 생각을 한층 더 발전시키고 있다. 그에게 영화는 프
로이트의 《일상생활의 정신병리학Sigmund Freud Gesammelte Werke》의

출간에 비견할 만한 변화를 초래했다. 베냐민은 이 책을 평가하면서 "지각된 것의 넓은 흐름 속에서 눈에 띄지 않은 채 함께 유동했던 사물들을 분리하면서 분석이 가능하게 만들었다."라고 말한다.

베냐민은 영화 역시 마찬가지로 회화나 연극의 무대에서 연출할 수 있는 것보다 더 정확하고 다양한 관점에서 사물을 분석 가능하도록 해주었다고 판단했다. 말하자면 영화가 지각의 심화를 초래했다는 것이다. 이 문제는 정확하게 울프가 영화의 예술성을 평하면서 파악했던 것이기도 하다. 베냐민은 외부 세계를 무미건조하게 복사하기 때문에 영화를 예술로 볼 수 없다는 체코 출신의 표현주의 시인이자 소설가 프란츠 베르펠Franz Werfel의 말을 인용하고 있는데, 영화의 혁명성을 지각의 심화에서 찾는다는 점에서 울프의 생각과 궤를 같이한다. 베르펠의 말처럼 영화는 초기에 자연을 단순히 복사할 수밖에 없었겠지만, 울프가 예리하게 파악했듯이 영화를 만드는 감독들은 자신의 작품을 예술로 만들려고 시도했다.

울프가 염려한 것은 영화가 예술이 되려고 다른 예술에 쉽게 손을 빌리는 일이었다. 이렇게 되면 둘 다 실패할 수밖에 없다고 울프는 예상했다. 오늘날에도 문학작품을 영화로 옮기는 사례를 많이 볼 수 있다. 그러나 문학과 영화라는 두 장르의 차이를 이해하지 못한다면 울프의 경고처럼 만드느니만 못한 영화가 되는 경우를 볼 수 있다.

영화의 이중적 혁명성

모더니스트로서 울프는 베냐민과 비슷하게 영화의 출현으로 인한 변화를 객관적인 사건으로 받아들이면서 그 혁명성을 인정한다. 그러나 이런 혁명성은 이중적일 수밖에 없다.

영화는 그것이 지닌 재산목록들을 클로즈업해 보여주거나 우리에게 익숙한 소도구들에 숨겨진 세부 모습을 부각하면서, 또한 카메라를 훌륭하게 움직여 평범한 주위 환경을 탐구함으로써 한편으로 우리의 삶을 지배하는 필연성에 대한 통찰을 증가시켜주는가 하면, 다른 한편으로 우리가 전혀 상상하지 못했던 엄청난 유희 공간을 확보해 주게 된다![4]

감탄이 섞여 있는 베냐민의 진술은 예술로서 영화가 정신 집중이 아니라 정신 분산에 있다는 사실을 강조한다. 울프 역시 마찬가지다.

쓸모 있는 것과 동떨어진 게으른 방식으로 군중을 지켜보고 거리의 혼돈을 바라보면, 때때로 움직임과 색채, 형태와 소리가 함께 어우러져서 자신들의 에너지를 예술로 만들어줄 것을 기다리고 있는 것처럼 보인다.[5]

울프는 서로 관계없는 감정이 풍기는 분위기와 힐끗 보는 시선이 서로 엮여 만들어지는 것이 영화라고 정의한다. 무의식의 기억은 선형적이지 않기에 영화만이 이런 심층 기억을 적절하게 표현할 수 있을 것이라고 생각했다. 베냐민 역시 다다이즘을 예로 들면서, 한때 다다이즘이 문학과 회화를 통해 시도한 야성적인 에너지의 분출을 담아내는 예술이 영화라고 규정한다.

영화에 대한 베냐민과 울프의 관점이 비슷한 것은 우연이라고 보기 어렵다. 1925년 런던에서 런던영화협회The Film Society of London가 결성되었다. 이 협회의 설립을 주도한 이들은 허버트 조지 웰스, 조지 버나드 쇼, 오거스터스 존, 존 메이너드 케인스였는데, 이외에도 아이버 몬터규, 아리스 베리, 로저 프라이, 클라이브 벨도 참가했다.

케인스를 비롯해서 프라이와 벨이 블룸즈버리그룹의 일원인 것을 보면 짐작할 수 있듯이, 비록 설립에 직접 관여하지는 않았지만 울프 역시 당시 벌어지고 있던 영화 운동에 대한 정보를 충분히 인지하고 있었음을 알 수 있다. 런던영화협회는 5년 전에 설립된 프랑스의 시네클럽Cineclub처럼 프랑스와 독일 그리고 소련의 영화들을 보급하고 감상한다는 취지를 가진 단체였다.

당시 지식인과 예술가에게 영화는 근대사회의 발전을 한눈에 보여주는 예술이었다. 이들 협회는 매달 영화를 선정해서 상영하고 그에 대한 정보도 나눌 수 있었기에, 런던에서 영화를 보려면 런던영화협회를 찾아가는 것을 당연하게 여길 정도가 되었다. 울

〈파도〉, 영화의 시대

영화 〈기계적 발레〉의 한 장면.

프가 〈칼리가리 박사의 밀실〉을 본 것도 아마 런던영화협회에서
였을 것이다. 기록에 따르면, 이 협회는 〈칼리가리 박사의 밀실〉
뿐만 아니라 페르낭 레제와 더들리 머피가 함께 만든 〈기계적 발
레Ballet Mecanique〉라는 실험적인 영화나 찰리 채플린의 영화를 상
영한 것으로 알려져 있다.

〈기계적 발레〉는 다다이즘 기법을 영화로 구현한 작품인데, 베
냐민이 말한 것처럼 이미 영화는 기존의 예술을 해체하는 다다
이즘의 정신을 잘 구현할 수 있는 매체로 당시 예술가들에게 받
아들여졌다는 사실을 알 수 있다. 다다이즘 예술가들이 영화의
기법을 선취했다는 베냐민의 말은 이런 의미에서 이해할 수 있
다. 울프 역시 베냐민과 비슷하게 당대의 실험 영화를 섭렵한 뒤
에 비슷한 결론을 도출했다고 봐야 할 것이다.

소설에 영화 기법을 활용하다

물론 울프에게 영화는 단순하게 감상의 대상이었다기보다 적극적으로 활용해야 할 새로운 기법의 산실이었다. 그래서 영화를 보는 것에 그치지 않고 적극적으로 영화에서 받은 영감을 소설의 기법으로 전환하고자 했다. 문학과 영화의 차이를 명쾌하게 인식하고 있었음에도 울프는 당대에 가장 신선했던 실험 예술의 자양분을 고스란히 빨아들였다. 울프는 영화를 일컬어 '꿈의 건축물'이라고 부르면서 꿈과 상상에서 드러나는 직관적 전망을 영화의 기법들이 시각화해줄 것이라고 기대했다.

울프는 꿈과 상상을 시각화해줄 영화의 가능성을 어떤 기법에서 발견했을까? 사실 울프뿐만 아니라, 당시 모더니스트 작가들은 무성영화의 기법을 직접적으로 차용해서 작품을 빚어내기도 했다. 대표적인 기법이 몽타주montage였다. 프랑스 철학자 질 들뢰즈Gilles Deleuze는 유명한 《시네마Cinéma》라는 책에서 몽타주를 운동 이미지를 표현하는 기법으로 분류하면서, 유기적인 몽타주 기법을 창안한 미국파, 변증법적 몽타주 기법을 만들어낸 소비에트파, 양적 몽타주를 제시한 전전 프랑스파 그리고 강밀성intensité의 몽타주를 제창한 독일파를 각각 거론하고 있다. 여기에서 강밀성이란 법칙 너머에서 작동하는 선험적인 감각 에너지를 의미한다.

미국파와 소비에트파의 몽타주는 간격을 통해, 프랑스파와 독일파는 숭고로 몽타주가 구성된다. 미국식 몽타주가 유기적 서사를 강조하는 반면, 소비에트식 몽타주는 차이를 강조한다. 숭고로 몽타주를 구성하는 프랑스식과 독일식도 전자가 수학적이라면 후자는 역학적이라고 할 수 있다. 제임스 조이스가《율리시스》에서 이런 몽타주 기법을 활용한 것은 익히 잘 알려져 있다. 토머스 스턴스 엘리엇의 〈황무지The Waste Land〉 역시 이 기법을 문학적으로 바꾼 사례로 유명하다.

울프도 몽타주 기법을 차용해서 작품을 썼다. 대표적인 것이 단편 〈큐 왕립식물원Kew Gardens〉이다. 이 짧은 소설에서 울프는 동식물의 세계를 근접 촬영한 다큐멘터리 영화처럼 서술자의 시점을 곤충과 식물 그리고 하늘의 새로 이동시키는 특이한 서술 구조를 선보인다. 소설을 읽다 보면 한 편의 자연 다큐멘터리를 보는 것 같은 느낌을 받는다. 특히 공중을 나는 새의 시점에서 사물과 풍경을 묘사하는 장면은 이른바 '카메라의 눈kino-eye'이라고 불리는 대표적 영화 기법을 연상시키기에 충분하다. '카메라의 눈'은 소련의 지가 베르토프가 발명한 영화 기법으로, 인간의 관점이 아니라 카메라의 관점에서 사물과 풍경을 객관적으로 묘사하는 것을 말한다.

울프는 에세이 〈시네마〉를 쓰면서《등대로》를 집필했다. 〈시네마〉가 발표된 시기가 1926년이었다는 것을 감안한다면, 당시에 울프는《파도》도 구상 중이었을 것이다. 두 작품은 정점에 도달한 울프의 소설 기법을 보여주는 대표작이다. 두 작품을 읽으면서 영화의 장면 전개를 떠올리는 것은 어렵지 않다. 심지어《등대로》의 한 장은 '시간은 흐른다Time Passes'라는 표제를 갖고 있다. 이 장에서 울프는 전쟁 이전과 이후로 이어지는 10년간을 소거시킨 상태로 다음 이야기를 전개하고 있는데, 이런 구성이야말로 무성영화의 기법을 연상시키기에 충분하다. 이미 울프는 무성영화를 논하면서 시간의 틈chasm에 관한 진술을 했다는 점에서 설득력 있는 추측이다.

이렇게 〈시네마〉 이후 출간된 소설은 영화에 대한 울프의 관심이 소설 기법의 발전과 연관되어 있다는 추측을 강하게 뒷받침하는 증거다. 울프가 영화에서 영감을 받아서 자신의 소설 기법을 발전시켰다는 것은 어떤 의미일까? 지금 생각하면 대수롭지 않은 문제일 수도 있다. 그러나 울프의 시대에 영화는 제대로 예술 대접을 받지 못하는 신생 장르에 가까웠다. 울프도 일기에 당대의 영화 대부분이 지루하게 반복적으로 현실의 이미지를 그대로 보여주는 수준에 그치고 있음을 지적한다.

영화를 언급하는 또 다른 에세이 〈삶과 소설가들〉에서도 울프는 만족스럽지 않은 질 낮은 소설을 영화에 비유하기도 한다.[6] 영화관에서 아무 생각 없이 스크린에 펼쳐진 영화를 보는 것처럼 읽히는 소설은 좋은 소설이 아니라는 취지다. 말하자면 일반적으로 영화는 쉽고 편하게 보면서 즐기는 오락물에 가까운 것이었다. 이런 일반적인 영화들과 구분해서 울프는 예술적 실험을 감행하는 영화를 긍정적으로 보았다. 여기에서 예술적 실험이란 사실상 생각을 촉발하게 만드는 것을 뜻한다. 울프에게 예술은 무엇보다도 독자들이 생각하게 만들어야 했다.

울프의 소설과 영화를 연결하는 해석은 이미 1932년부터 등장
했다. 위니프레드 홀트비는 1932년에 출간한《버지니아 울프: 비
평적 회고록 Virginia Woolf: A Critical Memoir》이라는 책에서 "울프 여사
가 영화를 발견했다."[7]라고 썼다. 홀트비는 울프의 진가를 일찌
감치 알아본 비평가 중 한 명일 것이다.

이 모든 것은 단순하게 소설가 울프가 영화에 관심이 있었고,
자신의 소설에 영화적인 기법을 활용해서 발전시켰다는 데 그
치지 않는다. 울프가 당대 문화에 대해 민감한 촉각을 곤두세우
고 있었을 뿐만 아니라 부단하게 그 문화의 장에 개입했다는 사
실을 말해준다. 근대에 대한 울프의 생각은 바다 건너 샤를 보들
레르 같은 프랑스 시인의 근대성에 대한 개념과 공명하는 것이
기도 하다. 장소는 달랐지만 이들에게 근대성은 새로움과 변화로
요약할 수 있는 시대적 특징이었다.

이 새로움과 변화의 재현 양식으로 울프는 영화에 주목했다.
1910년대에 울프는 영화의 오락성만을 강조하는 관람 행위에 분
명 회의를 느꼈지만, 그 후 1920년대에 활발하게 이루어진 예술
적 실험과 영화의 예술화를 지지하면서 〈시네마〉라는 에세이를
썼다고 할 수 있다. 이런 까닭에 울프가 영화에 호의적이었다는
주장을 할 수도 있겠지만, 그렇다고 울프가 마냥 영화를 찬양한
것은 아니었다. 울프에게 영화는 객관적 사실로 존재하는 근대성
의 일부였다. 울프는 영화의 출현을 근대의 원리로 파악했고, 이

런 까닭에 소설에 영화의 혁명성을 수용하고자 했다. 여기에 울프의 선진성이 있다고 할 수 있다.

울프는 영화로 만들어지기 쉬운 소설을 쓴 것이 아니다. 영화가 드러내는 새로운 재현 효과를 적극적으로 탐구해서 자기만의 기법으로 재탄생시켰다. 영화가 문학을 그대로 차용하고 문학이 영화를 그대로 복제하는 것은 둘 모두에게 재난이라고 울프는 분명히 말했다.

《댈러웨이 부인》,
작가라는 질병

《댈러웨이 부인》은 울프의 대표작으로, 이른바 의식의 흐름 기법을 도입한 최초의 실험으로 알려져 있다. 이 소설은 주인공 클라리사 댈러웨이 부인이 파티를 준비하는 내용으로 시작한다. 하루 동안에 일어난 일을 다루고 있지만, 시공간을 초월한 '의식의 흐름'이 전체 이야기를 직조한다. 울프의 다른 작품들처럼 이 소설 역시 이야기를 따라가려고 하면 금방 흥미를 잃을 수 있다. 이 소설을 울프 자신의 이야기로 읽어보면 숨겨진 의미의 지층을 발견할 수 있을 것이다. 런던을 산책하기 좋아하는 클라리사는 울프의 모습과 겹치며, 내면의 광기가 점점 커져서 마침내 스스로 목숨을 끊고 마는 셉티머스는 울프의 마지막을 암시하는 듯하다.

작가라면 잠수함의 토끼처럼 예민하라

영국의 시인 윌리엄 워즈워스William Wordsworth는 "우리 시인은 젊은 시절을 기쁨으로 시작하지만, 종국에 낙담과 광기가 들이닥치게 마련"이라고 말했다. 울프의 삶만큼 이 말에 들어맞는 경우도 없을 것이다. 다만 한 가지 다른 점이 있다면 울프는 젊은 시절조차 기쁨으로 시작하지 못했다는 정도일 것이다.

울프가 유일하게 기쁘게 기억한 시절은 부모와 함께 콘월로 휴가를 가곤 했던 화목한 한때뿐이다. 잠깐 행복했던 유년기를 제외하고 울프의 생애는 고통으로 점철되었다. 어떤 즐거움도 그의 고통을 해소할 수 없었다. 어머니 줄리아 스티븐의 죽음과 곧이은 이복언니 스텔라의 죽음은 사춘기를 통과하던 울프에게 거대한 충격을 안겨주었고, 평생 지울 수 없는 외상을 입혔다.

당시에 느꼈던 감정의 기복 상태는 사라지지 않고 울프를 평생 괴롭히는 조울증으로 발전했다. 열아홉 살이 되어서야 울프는 자신에게 마음의 병이 있다는 사실을 자각한다. "봄에 시작된 우울증이 점점 자라나서 여름이 되면 광기가 되어버린다."라고 울프는 자신의 병증을 사촌에게 설명했다.

울프의 지병은 그의 일기장을 빼곡하게 채운 고통으로 기록되었다. 이 지병은 울프의 처지에서 보면 지극히 사적인 것이지만, 반드시 울프만의 문제였다고 보기는 어렵다. 작가와 질병의 관계는 오래된 신화이기도 하다. 이 신화의 밑바닥에 가로놓여 있는 것은 통제할 수 없는 나르시시즘이다. 나르시시즘의 어원이 된 나르키소스 이야기에서 작가와 질병의 관계를 이해할 실마리를 찾을 수 있을 것 같다.

물에 비친 자신의 모습과 사랑에 빠져 결국 익사하고 마는 나르키소스의 이야기는 요즘 보면 다소 우스꽝스러운 면조차 있지만, 오늘날에도 여전히 많은 이들이 비슷한 함정에서 헤어나지 못하는 것을 종종 목격하지 않는가. 어떤 구애에도 아랑곳하지 않던 아름다운 청년은 결국 자기 자신의 모습을 알아채지 못하고 절망의 나락으로 떨어진다. 나르키소스 이야기는 헤어날 수 없는 자기애에 대한 알레고리이면서, 질병이라는 거울을 벗어나지 못하는 작가의 운명을 보여주는 은유이기도 하다.

작가와 질병이라면, 과연 작가이기에 질병에 걸리는 것일까? 반대로 질병에 걸려서 작가일 수 있을까? 워즈워스와 같은 낭만주의 시인들은 둘 다라고 보았다. 정확히 이들은 작가 자체를 사회의 고통을 알리는 질병의 존재로 보았다. 마치 잠수함의 토끼처럼 작가는 예민하게 사회의 비리를 앞서 느끼고 몸으로 아파하는 존재였다. 말하자면 작가라는 질병이 있는 것이다. 자신들의 질병을 사회의 질병과 동일시하는 관점이 이런 명명법에 숨어 있다.

낭만주의자들과 다른 층위이긴 하지만, 독일의 철학자 프리드리히 니체Friedrich Nietzsche 역시 일반적인 의미와 다른 건강 개념을 제시했다. 니체는 다윈의 진화론 이후 더 이상 고대처럼 완전한 신체 상태를 전제하는 건강 개념은 불가능하다고 보았다. 몸이 계속 진화해가는 것이라면, 어느 한 지점에 정지된 몸은 있을 수 없다. 건강을 투쟁의 과정으로 보았다는 점에서 니체의 관점은 독특한 것이었다.

이런 맥락에서 니체는 질병의 소용을 갈파했다. 니체는 질병을 단순하게 병든 몸의 상태로 본 것이 아니라, 다양한 몸의 상태를 보여주는 징표로 간주했던 것이다. "당신의 몸이 건강한지 결정해주는 것은 당신의 목적이고, 당신의 지평이고, 당신의 힘"이라고 니체는 말했다. 특정한 상태의 몸이 존재할 수 없기에 어떤 것을 건강한 몸이라고 규정할 수 없다는 뜻이다.

울프의 질병도 그에게 평생 크나큰 고통을 안겨주었지만, 울프의 창작 행위는 마음의 병과 공존했다. 일기 곳곳에 자신의 조울증에 관해 기술한 것을 보면 울프는 누구보다도 자신의 병을 잘 알고 있었던 셈이다. 그는 나르키소스처럼 끊임없이 질병의 거울에 자신을 비추어보면서 마음을 살폈다. 낭만주의자들과 울프가 헤어지는 지점이 여기다. 울프는 자신의 병을 너무도 합리적으로 이해하고 있었다. 그가 죽음을 선택한 이유도 이런 이해를 극단으로 밀어붙인 결과였다. 울프를 작가로서 성공할 수 있게 했던 이토록 비타협적인 자기 규율이 마음의 병을 키운 것인지도 모른다.

어머니의 죽음과 얽힌 에피소드는 이 사실을 미루어 짐작하게 한다. 울프의 어머니는 1904년 5월 5일에 세상을 떠났다. 당시 열세 살이던 울프는 급격한 혼란에 빠졌다. 어머니가 어떤 남자와 함께 앉아 있는 것을 보았다는 수수께끼 같은 스텔라의 말이 그에게 충격을 가했다. 이 말을 한 스텔라도 얼마 지나지 않아 잘못된 수술로 인해 세상을 떠나게 된다.

아마도 상상력이 풍부한 울프는 이 사건을 내내 곱씹으면서 자신의 마음에 쌓아두었을 것이다. 어쩌면 울프는 어머니가 전남편 허버트 더크워스에게 돌아갔다고 생각했을지도 모른다. 사춘기의 감수성은 울프에게 상상을 현실처럼 만들어주었다. 울프는 누구에게도 자신의 감정을 털어놓지 못했다. 완전히 버려지고 고립되었다는 생각이 그를 억눌렀다. 하루 종일 누구도 만나지 않고 틀어박혀 책을 읽는 것이 일과였다. 스텔라의 죽음은 그를 더욱 은둔하게 만들어버렸다.

물론 이 모든 이야기는 울프 자신이 남긴 것이다. 울프는 자신의 지병을 낱낱이 기록하고 분석했다. 울프가 정신분석학에 지대한 관심을 가지게 된 것도 일찍부터 이렇게 자신의 병을 나름대로 분석했기 때문이다.

어떤 이들이 보기에 울프가 결행한 '최후의 선택'은 이런 분석이 쓸모없음을 보여주는 것일지도 모르겠다. 또 관점에 따라서 스스로 목숨을 끊고 세상을 등진 울프의 행동은 무책임하고 부도덕한 것일 수도 있다. 신앙을 가진 이들이라면 더더욱 울프의 마지막이 마음에 들지 않을 것이다.

그러나 울프가 자신의 생을 마감한 방식은 역사적으로 보았을 때 크게 도드라진 것이라고 말하기 어렵다. 앞서 낭만주의자들과 달리 울프는 자신의 지병을 합리적으로 이해했다고 언급했다. 울프의 결심도 이런 이해에 따른 것이라고 할 수밖에 없다. 1941년 3월 28일 울프가 남편에게 마지막으로 남긴 편지가 이 사실을 증명한다. 이 편지는 유서라고 하기에 너무 담담하게 자신의 결정을 전한다.

> 내가 다시 미쳐가고 있다는 것을 확실하게 느낍니다. 우리가 더 이상 그 끔찍했던 시절을 되풀이할 수 없다고 느낍니다. 그렇게 나는 이번에 회복할 수 없겠죠. 환청이 들리기 시작해서 도저히 집중할 수 없어요. 그래서 지금 할 수 있는 최선의 일을 나는 하려고 합니다.[1]

이 고통스러운 고백은 악몽에 가위눌리고 있으면서도 그 공포에서 깨어나지 못하는 고통을 연상시킨다. 자신에게 닥쳐올 고

버지니아 울프가 남편에게 남긴 마지막 편지.

통보다도 그 때문에 함께 고통스러워할 사람을 염려하는 울프의 마음이 너무도 신산하다.

울프는 힘주어 "우리"라고 썼다. 《프랑켄슈타인》의 저자 메리 셸리의 부모이기도 한 윌리엄 고드윈과 메리 울스턴크래프트의 결혼 생활을 본받자고 했던 울프다. 물론 보기에 따라서 이런 울프의 선택은 이해하기 힘들 수도 있다. 남편과 함께 다시 고통을 이겨내는 것이 '상식적인 생각'일 수 있다. 그러나 울프는 그렇게 하지 않았다. 남편을 너무도 사랑했기 때문일까? 때때로 삶은 상식적인 판단을 넘어선다. 특히 죽음이 그렇다.

울프가 남긴 마지막 편지를 읽는 내게 과거의 기억 한 토막이 떠올랐다. 오래전 일로, 독일 쾰른에서 열린 국제학술대회에서 일어난 일이었다. 그 학회의 주제는 프랑스 철학자 질 들뢰즈였다. 기조 발제자의 발표가 끝난 뒤에 어떤 학생이 불쑥 청중석에서 손을 들고 질문을 던졌다. 미국에서 왔다고 자신을 소개한 학생은 지금 발표에서 밝힌 것처럼 아무리 들뢰즈 철학에 대해 이러쿵저러쿵 논하더라도 들뢰즈가 스스로 목숨을 끊었다는 사실에서 그의 철학은 자신의 삶조차 구원하지 못했다고 보아야 하는 것이 아닌지 물었다.

대체로 학술대회에서 이렇게 기조 발제 내용과 상관없는 다소 엉뚱한 질문을 던지는 경우가 있기 때문에, 뜬금없는 문제 제기라고 판단한 진행자는 그 학생의 질문을 그냥 무시하고 넘어가버렸다. 그 학생의 질문은 결국 정확한 대답을 얻지 못하고 표류해버렸다. 철학적인 관점에서 본다면, 문제의 핵심을 꿰뚫지 않은 질문은 대답할 필요가 없다. 들뢰즈 자신도 세미나나 강의에서 학생들이 엉뚱한 질문을 던지면 빙그레 웃기만 했다지 않은가. 그러나 나에게 이 풍경은 그냥 스쳐 지나기에 복잡한 문제를 던져주었다.

당시 세계 각지에서 모여든 들뢰즈 연구자들이 '들뢰즈의 자살'이라는 상징적 사건을 대수롭지 않게 여긴다는 것은 조금 이상한 풍경이었다. 들뢰즈의 자살에 대해 질문을 던진 그 학생은 분명 들뢰즈의 철학에 대해 잘 아는 처지는 아닐 것이다. 말하자면 들뢰즈의 자살에 대한 철학적 논의에 들어오지 못하는 문제를 던진 것일지도 모른다. 그 학생의 질문은 바로 철학의 바깥, 상식의 영역에서 넘어온 것이었다.

상식의 영역에서 자살은 나쁜 것이다. 자살은 나쁜 것이기 때문에 들뢰즈의 자살은 그의 철학을 파산시켰다는 논리가 여기에서 성립한다. 어떻게 보면 이런 논리는 삶을 철학의 근간으로 생각하는 들뢰즈 철학에 대한 심각한 도전일 수 있다. 무시해버리면 그만이지만, 이렇게 '상식적인 것'을 적절하게 상대할 수 없다면 철학은 그냥 식자들의 고담준론에 그치고 말 것이다. 따라서 들뢰즈의 자살이라는 사태는 그 원인에 대한 궁금증을 해소하는 문제가 아니라 그의 철학을 해명하기 위해 숙고해야 할 과제가 된다.

만성 천식으로 인한 고통이 그를 죽음으로 몰아넣었다는 '타당한 주장'도 상식의 영역에서 이해하기 어렵다. 삶이 너무 고통스러워 죽음에 다다르는 것만이 삶을 사랑할 수 있는 길이었다는 '반전'의 해석은 명백하게 상식 '밖'이다. 이 상식의 바깥이야말로 '자살'에 대한 새로운 관점이 숨어 있는 곳이다. 하지만 또한 이것은 의미화의 바깥에 있는 것이기에 특정 사회에서 일정하게 합의된 자살에 대한 상식으로 설득할 수 없는 지점을 내포하고 있다. 이 들뢰즈의 자리에 울프를 가져다 놓으면 비슷한 상황이 연출될 것이다.

울프의 문학 세계를 두고 열심히 기조 발제를 하고 난 학술대회에서 누군가 일어나 똑같은 질문을 던질 수 있다. 그렇게 문학에 천착한 울프가 스스로 생을 마감했으니, 결과적으로 그의 문학 행위도 무의미하지 않은가. 마찬가지로 울프의 자살이라는 문제는 역시 극단적 선택을 할 수밖에 없었던 그의 심리적 원인을 찾을 것이 아니라, 그의 문학을 해명하기 위한 중요한 과제가 되어야 한다.

울프의 자살은 비난받아야 하는가

울프의 죽음을 이해하기 위한 실마리는 영국의 철학자 데이비드 흄David Hume에게서 발견할 수 있다. 〈자살에 관하여Of Suicide〉라는 에세이에서 흄은 자살에 대해 비난하지 말아야 한다고 결론 내리면서 이렇게 말한다.

> 자살이라는 것이 나이나 질병 또는 불운으로 인해 삶을 영위하는 것이 죽는 것보다 더 고되고 더 최악의 상태일 수 있는 *우리 자신*의 관심과 본분에 일치한다는 사실은 의심의 여지가 없다. 지킬 가치가 있는 삶을 사는 사람이라면 결코 자신의 삶을 내던지지 않는다고 나는 믿는다. 왜냐하면 우리는 죽음의 공포를 본능적으로 느끼고, 작은 계기로 인해서 죽음에 이르는 것은 아니기 때문이다. 그래서 비록 건강이나 운의 상황이 이런 치료제를 요청하는 것처럼 보이지 않더라도 특별한 이유도 없이 자살에 자신을 기탁한 누군가는 모든 즐거움을 마비시키고 가장 심각한 불운에 시달린 것인 양 비극적으로 그를 현

시시켜야 하는 불치의 질병 또는 성격의 우울에서 자살의 빌미를 찾는다는 사실을 우리는 확신할 수 있을 것이다.[2]

흄에게 자살은 사는 것보다 죽는 것이 덜 고통스러운 우리 자신의 선택 사항이다. 자살은 이런 방식으로 삶의 경계에 위치한다. 더 이상 삶을 영위할 수 없을 정도로 고통스러울 때, 죽음은 '관심과 본분'으로 찾아든다. 흄이 관심과 본분이라고 표현한 이 '도덕의 자리'야말로 바깥으로 열려 있는 삶의 필연성이다.

흄의 견해는 토미즘Thomism에 근거한 기독교적 자살관에 대한 반론이라는 점에서 의미심장하다. 자연법을 근거로 내세우는 토미즘에 따르면, 신이 정해놓은 인간의 생명을 스스로 끊는 것은 신의 질서를 위반하는 것이다. 그러나 흄은 이런 견해를 '미신'이라고 규정하고 자살의 '자기주장'을 옹호한다. 흄은 자연법에 내재한 모순과 우연성을 강조하면서, 자살을 '죄악'으로 규정하는 태도에 의문을 제기한다. 흄의 논의는 크게 세 가지로 분류할 수 있다.

첫째, 신의 질서라는 것이 신을 통해 만들어진 인과적 법칙이라면 우리 자신의 행복을 위해 이 법칙을 반박하는 것은 잘못된 것이다. 그러나 이런 생각에 문제가 있는데, 질병이나 재난을 만났을 때 우리는 '행복한 삶'을 위해 이에 적절하게 대처할 수 있다. 이것을 보면 신은 우리에게 자연의 인과성을 위반해도 무방하다고 허락해준 것이다.

둘째, 만일 신의 질서라는 것이 신이 우리에게 바라는 자연법칙이라고 한다면, 그리고 그 자연법칙을 이성적으로 인식하고 그것에 따르는 것이 행복을 보장한다고 한다면 어떨까? 자살을 통해서 행복의 균형을 맞출 수 있다는 '이성적 판단'이 일어났을 때, 자살을 이 법칙에 포함하지 않을 이유가 없다.

셋째, 신의 질서가 단순하게 신의 동의에 따라 일어나야 하는 것이라면, 신은 우리의 행동에 동의할 수밖에 없다. 왜냐하면 신은 우리의 행동에 편재하는 것이고, 그래서 우리의 행동과 신의 동의 사이의 구분이 불가능하기 때문이다. 신이 자신의 동의하에 우리를 이곳에 살도록 했다면, 이곳을 떠나는 것도 신의 동의하에 가능한 것이다.

자살을 행복의 균형이라는 관점에서 본다는 점에서 흄의 생각은 지나친 형식주의처럼 보이기도 한다. 물론 이런 주장에 대해 칸트는 강력한 반론을 제기한다. 칸트에게 자살은 "도덕적 주체의 절멸"이기 때문에 "도덕적 실존 자체를 뿌리 뽑는 행위"다.[3] 칸트의 입장에 선다면 들뢰즈와 울프의 선택은 잘못된 행위일 것이다.

그러나 울프나 들뢰즈에게 도덕의 문제는 역설적이었을 수 있다. 특히 들뢰즈에게 죽음은 '존재의 열림'을 증명하는 것이다. 이런 생각은 건강에 대한 니체의 생각과 연결된다. 건강은 부단한 변화의 과정이라는 점에서 죽음은 들뢰즈의 관점에서 본다면 종착역이 아니라 삶의 열림에 해당할 뿐이었다. 말하자면 끊임없이 변화하는 삶의 한 형태가 죽음일 수 있다.

울프는 "내가 한 자도 쓸 수 없고 한 줄도 읽을 수 없다는 것을 당신은 잘 알 겁니다."라고 썼다. 울프에게 문학은 곧 삶이었다. 이렇게 한 자도 쓸 수 없고 한 줄도 읽을 수 없는 상태는 울프에게 죽음이나 마찬가지였다. 흄이 이야기한 죽음보다도 삶이 더 끔찍한 순간이 그에게 찾아든 것이다. 울프는 도덕군자도 성인도 아니었다. 그는 '최선의 선택'을 할 수밖에 없다고 확신했다. 이토록 자신에 대해 냉철한 사람이 바로 울프였다. 그의 글쓰기는 바로 이런 냉철한 자기 성찰에서 솟아난 샘물이었다. 이 샘물이 말라버리자 그는 더 이상 살아갈 의욕을 가질 수 없었던 것이다.

울프의 글쓰기를 그의 질병과 분리할 수 있을까? 자연 상태의 관점에서 본다면 어쩌면 글쓰기 자체가 병든 행위일 것이다. 독일의 철학자 프리드리히 셸링이 말했듯이, 인간이라는 존재 자체가 병든 자연일 수 있다. 동물이라는 본성을 여전히 버리지 못했지만 다른 동물들처럼 살아갈 수 없는 존재가 바로 인간이다. 자연 상태에서 도시에 사는 인간처럼 행동했다간 살아남기 어려울 것이다. 이 병든 자연의 행위를 존재화하는 것이 바로 글쓰기 아니겠는가.

울프의 날카로운 비평은 이런 질병 상태와 무관하지 않다. 그가 병든 마음을 가지고 있었기에 더 건강하게 세계의 모순을 직시할 수 있었던 것은 아닐까. 독자의 입장에서 그가 건강을 되찾아 더 많은 글을 남겨주었다면 좋았겠지만, 안타깝게도 그는 어쩔 수 없는 선택을 했다. 그럼에도 울프의 생애를 돌아보면, 작가는 비록 병들어 불행할지라도 그로 인해 사회를 더 건강하게 만들 수 있다는 사실을 부정할 수 없다.

작가라는 질병이 끊임없이 사회의 규범을 실험하고 도덕을 밀어붙여서 공동체의 면역력을 길러준다는 발상은 우리에게도 낯설지 않다. 이런 의미에서 울프는 온몸으로 글을 쓴 대표적인 작가였다. 글쓰기를 할 수 없는 삶을 더 이상 지속시킬 가치가 없다고 생각한, 글과 삶을 일치시킨 존재였다. 스스로 목숨을 끊는 길을 선택했다고 해서 그를 비난할 수 없는 이유다.

Three Guineas

Virginia Woolf

《세 닢의 금화》, 자유를 위한 경제 조건

《세 닢의 금화》에서 울프는 아주 명쾌하게 자신의 정치적 입장을 드러낸다. 페미니즘이 여권 신장에 그치지 않고 더 나아가야 한다는 그의 주장은 지금 읽어봐도 참으로 급진적이다. 그는 어떻게 여성이 홀로 자신의 삶을 영위할 수 있을지 고민했다. 이런 고민은 자기 시대의 페미니즘을 더 밀고 나아가는 결과를 초래했다. 울프는 여성이 독립을 유지하기 위해 생계 문제를 등한시하지 않으면서 전망을 현실에 고정하는 것도 반대했다. 여성이 남성을 대체하는 것이 아니라, 그 남성이 만들어놓은 세계 자체를 해체해야 한다는 울프의 생각은 발본적인 것이었다. 당대에 받아들여지기 어려웠던 울프의 생각은 오늘날 당면한 현실에 큰 울림을 준다.

취향을 위한 경제적 조건

  1931년 울프는 전국여성직업협회의 초청을 받은 자리에서 작가로서 자신의 '전문성'에 대해 피력했다. 이 강연은 자신의 문학에 대한 것이었다기보다, '여성과 직업'이라는 주제와 관련된 다소 시사적인 것이었다. 전국여성직업협회는 그 유명한 여성참정권 운동가들인 서프러제트suffragette가 만든 여성참정권연맹의 후신이다. 이 협회는 참정권을 획득한 후에도 계속 여성들의 사회진출을 돕기 위해 개편된 조직이었는데, 이런 취지에서 울프는 '여성과 직업'이라는 주제로 강연을 요청받았던 것이다.

  작가가 되기를 꿈꾸는 이들에게 가장 기다려지는 순간은 언제일까? 잡지사나 신문사에 보낸 원고가 채택되어서 원고료를 받는 때일 것이다. 나 역시 그랬다. 처음으로 원고료를 받았던 때를 여전히 생생하게 기억한다. 울프도 예외는 아니었다. 원고가 채택되어 원고료를 받자 그는 뛸 듯이 기뻐했다.

  밤마다 침실에서 펜을 들고 글을 썼던 울프는 다른 사람들에 비해 쉽게 작가가 될 수 있었다고 고백한다. 일찍부터 재능을 인정받은 것이다. 이런 자신을 울프는 '운 좋은 소녀'라고 묘사한다. 첫 원고료를 받은 울프는 가장 먼저 그 돈으로 아름답고 우아한 페르시아고양이를 샀다고 한다. 어떻게 보면 어린 울프로서 할 수 있는 최고의 사치를 부린 것이다.

그러나 이 행위는 원고료를 받아서 그 돈을 자신이 가장 하고 싶은 일에 썼다는 차원에 그치는 것이 아니라, 그렇게 자신의 취향을 선택해서 무엇인가를 할 수 있기 위해 경제적 여건이 뒷받침되어야 한다는 의미를 내포한다. 울프는 이 사실을 재차 강조한다.

이렇게 울프가 경제적 문제에 집중하는 이유는 바로 직업과 여성의 독립이 밀접한 관련을 맺고 있다고 보았기 때문이다. 울프가 거듭 지적하듯이, 여성의 사회 진출에서 가장 중요한 것은 그 무엇도 아닌 직업이었다. 전문적인 직업인으로서 어떻게 살아가야 할 것인지에 대해 울프는 자신의 견해를 협회의 젊은 회원들에게 피력하고자 했다.

물론 이런 울프의 생각은 독립적인 여성과 직업의 관계를 이해하고자 했던 당대 여성들의 관심사와 무관하지 않았다. 이때는 여성의 전문직 진출이 법적으로 용인되기 시작하던 시기였는데, 이런 점에서 울프가 한 강연은 상당히 시의적절했다. 왜냐하면 무엇보다도 울프가 지적 직업으로서 작가의 문제점에 관해 이야기했기 때문이다.

여성은 지적으로 열등하다는 편견이 만연해 있던 시절에, 울프가 작가로서 자신의 삶을 예로 들어서 여성도 충분히 지적일 수 있다는 사실을 강조했다는 점에 주목할 필요가 있다. 이런 까닭에 지금 생각하면 특별한 내용이 아닐 수도 있겠지만, 당시 관점에서 여성의 직업에 대한 울프의 생각은 상당히 급진적인 것이었다.

남성의 질서에 반대하는 전문직 여성

여성과 직업에 대한 울프의 생각은 어떤 면에서 급진적이었을까? 울프는 단순하게 여성이 직업을 얻고 사회의 일원으로 편입되는 것을 환영하지 않았다. 오히려 울프는 그렇게 얻어지는 지위를 통해 사실상 여성이 가부장적인 억압과 공모 관계를 이루게 될 수 있다고 경고했다.

《세 닢의 금화》에서 울프는 여성의 사회 진출을 돕는 단체에 대해 언급한다. 여성이기 때문에 여성의 사회 진출을 지지하는 것은 당연한 일일 것이다. 그러나 울프는 이런 자명한 일에 대해 다른 생각을 제시한다.

선생님, 우리가 여성을 돕고자 하는 마음에 강한 이기적 동기가 있다는 사실에 동의할 것입니다. 거기에 대해 의심할 여지가 없습니다. 왜냐하면 여성이 전문직을 통해 생계를 유지하도록 돕는다는 것은 진실로 강력한 무기인 독립적 입장이라는 무기를 여성이 소유하도록 돕는 것이기 때문입니다. 그렇게 여성 자신들이 정신과 의지를 갖도록 도움으로써 당신이 전쟁을 막을 수 있도록 돕는 것입니다.[1]

그러나 울프는 여성의 독립성을 보장한다고 해서 전쟁을 비롯한 국가 폭력의 문제가 저절로 해결되지 않는다고 말한다. 울프는 여성의 사회 진출이 전쟁을 방지하지 못한다면 과연 그것을 지원하는 사회단체에 기부할 필요가 있는지 묻는다. 이런 사정을 감안해서, 울프는 다음과 같이 여성의 사회 진출을 돕는 사회단체에 보낼 가상의 편지를 작성한다.

전쟁을 방지하기 위해 여성이 전문직에 종사하도록 도울 것이라는 확신을 주지 않는 한, 우리는 비록 당신의 곤궁함을 알고 당신의 산업을 상찬할지라도, 한 닢의 금화도 보내드릴 수 없습니다. 당신은 모호하고 불가능한 조건을 내거는 것이라고 말하겠지요. 넌지시 당신이 암시했듯이, 더 간단히 말해야 한다면, 여전히 금화는 희귀하고 가치 있으므로 당신은 우리가 제시하려는 조건에 귀 기울여야 할 것입니다.[2]

이런 진술은 정말 흥미롭다. 여성이 직업을 얻는다는 것은 또한 체제 순응의 위험성을 예고하기도 한다. 이런 순응의 구조에 여성이 저항하지 못한다면 그 독립성은 아무런 의미를 갖지 않는다고 울프는 생각했다. 울프는 여성들은 사회 진출이라는 명목으로 장엄한 '남성의 행렬'에 가담해서 따라가기만 하는 것은 아닌지 반문한다. 그는 계속 이렇게 말한다.

생각해보세요. 언젠가 당신도 판사의 가발을 머리에 쓰고 어깨에 에르민 털 망토를 두르겠지요. 사자상과 유니콘상 아래에 앉겠지요. 그렇게 은퇴할 때까지 연금을 포함한 연간 5000파운드의 연봉을 받을 것입니다. 지금 이 초라한 펜을 흔들고 있는 우리가 100년 또는 200년 뒤에 연단에서 연설을 할지도 모릅니다. 그때가 되면 누구도 감히 우리를 논박하지 않을 것입니다. 우리는 신성한 정신의 대변인이 될 것입니다. …… 이 이행의 순간에 이루어지고 있는 저 행진 대열을 두고 우리가 묻고 답해야만 하는 질문들은 남녀 모두의 삶을 영원히 바꾸어놓을 수 있을 만큼 정말 중요한 것입니다. 우리는 바로 지금 이 자리에서 스스로에게 물어야 하니까요. 저 대열에 참여하기를 원하는가, 그렇지 않은가? 어떤 조건에서 우리는 저 대열에 참여할 것인가? 그리고 무엇보다도 저 행진의 대열, 교육받은 남성들의 대열은 우리를 어디로 이끌고 있는가?[3]

울프의 결론은 사회단체들이 여성들이 전문직을 갖도록 돕는 것에 그치지 말고, 그 전문직 여성들이 앞장서서 전쟁 반대를 비롯한 사회적 의제에 적극적으로 목소리를 내도록 해야 한다는 것이다. 남성이든 여성이든 백인이든 흑인이든 가리지 않고 전문직에 자유롭게 진출해야 하지만, 중요한 것은 전문직의 함정에 빠지지 않는 것이라고 울프는 생각했다.

울프가 생각한 바람직한 미래는 단순하게 여성도 전문직에 종사하면서 남성처럼 대접을 받는 것이 아니라, 전문직 여성이라면 남성이 만들어놓은 폭력적인 세계에 대항할 수 있어야 한다는 것이다. 이런 주장만 놓고 보더라도, 울프야말로 전쟁의 한가운데에서 가장 급진적인 사유를 한 지식인이었다고 할 수 있다.

물론 이런 울프의 생각을 이중적이라고 비판하는 사람도 없지 않았다. 특히 《세 닢의 금화》는 출간되었을 당시에도 오직 교육을 받은 남성의 딸들만이 지적인 독립과 반전 평화의 주인공인 양 묘사한다는 비판을 받았다. 지금까지도 이런 비판은 여전히 유효한 입장으로 통용되고 있다.

페미니즘 진영 내에서도 울프의 태도는 다소 '뜬구름 잡는 소리'로 취급받기도 한다. 울프는 자기 같은 작가를 예로 들면서 여성의 글쓰기를 직업화하는 것을 해방의 도구라고 말하는 한편으로 돈을 벌기 위해 글을 쓰는 것은 바람직하지 않다고 말하는데, 이런 양가적인 태도가 울프 자신의 계급적 한계를 보여준다는 것이다.

앞서 이야기한 것처럼 울프는 첫 원고료를 받아서 빵과 버터 같은 생필품이 아니라 페르시아고양이를 샀다고 고백했다. 당장 배고픈 이들 처지에서 보면 울프의 행위는 세상 물정 모르는 유한계급의 유희에 지나지 않을 것이다. 그런데 과연 그럴까?

울프의 주장은 사실 공적 세계라고 불리는 기성 질서가 남성의 것이라는 생각에 초점을 맞추고 있기 때문에, 생계를 위해 여성이 돈을 벌어야 한다는 사실은 크게 부각되지 않는다. 그러나 이런 비판은 분명 울프의 페미니즘과 관련해서 되새겨볼 만한 주장이기는 하지만 그만큼 구태의연한 것이기도 하다. 왜냐하면 울프가 여성의 생계를 중요하게 생각하지 않았다고 결론을 내리기는 쉽지 않기 때문이다.

〈여성을 위한 직업Professions for Women〉이라는 에세이는 물론이고 《세 닢의 금화》만 해도 거듭해서 여성의 생계라는 측면에서 전문직의 문제를 살피고 있는 울프를 발견하기란 어렵지 않다. 게다가 울프가 살았던 시절에 여성이 생계를 스스로 책임지기 위해 선택할 수 있는 유일한 직업은 전문직 이외에 없었다고 할 수 있다. 그렇지 않을 경우, 여성이 독립적인 생활을 영위하는 것은 불가능했다.

계급과 젠더 문제를 함께 말하다

울프가 노동계급에 대한 인식이 부족하다는 비판은 단골로 등장한다. 그러나 당시의 시대상을 반영한다면, 울프가 노동계급 자체에 무지했다고 말할 수는 없다. 역설적으로 《보통의 독자》에서 울프가 계속해서 드러내는 태도는 노동계급을 교육하려면 독서를 활용해야 한다는 것이었다. 당시에 순진해 보였을 이런 울

프의 주장은 오늘날에 이르러 새로운 해석을 요청한다는 생각이
다. 지금처럼 노동계급의 의미가 쇠퇴하고 모두가 중간계급이 되
고자 하는 시대에 울프의 주장은 비로소 제자리를 찾게 되었다
고 볼 수 있다.

결국 울프의 주장은 계급과 젠더 중 어디에 방점을 찍어 보느
냐에 따라서 다르게 해석할 수 있을 것이다. 그러나 나는 울프에
게 계급의식이 없었다고 비판하는 것은 단편적이라고 본다. 왜
냐하면 〈여성을 위한 직업〉에서 울프는 다음과 같이 말하고 있기
때문이다.

외면적으로, 책을 쓰는 것보다 더 쉬운 일이 있을까요? 외면적으로,
남성보다 여성이 더 큰 장애에 부딪히지 않을 일이 있을까요? 내면
적으로 보면 경우는 완전히 달라집니다. 여성은 여전히 싸워야 할 유
령들에 에워싸여 있고, 극복해야 할 편견에 노출되어 있습니다. 진실
로 여성이 유령들과 싸우지 않고 달려드는 바위를 피하지 않으면서
책을 쓰려고 앉을 수 있을 때까지 갈 길이 멉니다. 이런 일이 문학이
라는, 하고 많은 직업 중에서도 여성들이 그나마 가장 자유롭게 선택
할 수 있는 직업에서도 발생하는 것이라면, 지금 여러분이 처음으로
진입하는 그 새로운 직업에서는 어떤 일이 벌어지겠습니까?⁴

여기에서 울프는 분명히 작가를 여성이 가장 자유롭게 선택할
수 있는 직업이라고 밝히고 있다. 이 말에 숨어 있는 의미를 잘

파악할 필요가 있다. 앞서 언급했듯이, 울프가 살았던 시대만 하더라도 여성이 사회에 진출해서 남성과 대등하게 경쟁하는 것은 거의 불가능했다. 그에 비해 작가는 여성이 비교적 쉽게 선택할 수 있다고 울프는 판단했다. 그 이유는 간단하다. 울프가 보기에 독서와 글쓰기는 특별한 생산수단이 없이도 할 수 있는 일이기 때문이다. 자기의 경험을 반추하면서 울프는 펜과 종이만 있으면 누구나 작가가 될 수 있다고 생각했던 것인지도 모른다. 울프의 생각을 순진하다고 평가할 수도 있다. 그러나 당시 시대상에 비추어보면 울프의 생각은 남성과 여성의 지적 평등을 전제한다는 점에서 의미심장한 것이다.

다른 직업에 비해 그나마 쉽다는 작가가 되는 길도 여성이기 때문에 이렇게 험난한데 다른 직업은 어떨지 눈에 선하다는 것이 이 발언의 취지다. 말하자면 특별한 생산수단 없이도 할 수 있는 것이 지적 직업이라면, 다른 직업은 직장에서 남성 동료와 부딪히고 여러 가지 실질적인 압박을 받으면서 자신의 성과를 유지해야 한다. 이런 인식의 바탕에 깔려 있는 것은 분명 노동계급 중에서도 여성 노동자가 더 불평등한 위치에 있다는 전제다. 작가조차 여성이라서 차별을 받는데 다른 여성 노동자는 오죽하겠나, 이것이 바로 울프의 메시지인 것이다.

여성의 사회 진출이 울프의 시대와 비교할 수 없을 정도로 확대된 오늘날, 이런 메시지가 순진한 발상이라고 말할 수 있을까? 울프가 염두에 둔 것은 여성이 돈을 벌기 위해 직업을 선택해야 한다는 것이 아니라, 여성에 대해 억압하는 체제의 논리 자체를 넘어서야 한다는 주장이었다.

여기에 계급이 부재한 것처럼 보이지만 역설적으로 계급이라는 출신 성분의 문제가 아니라 계급의식의 문제를 울프는 건드린다. 노동계급으로 태어났다고 해도 계급의식이 부르주아라고 한다면, 결국 그 노동자는 부르주아에 복무하게 될 것이다. 마찬가지로 울프는 여성으로 태어났다고 하더라도 여성이 부르주아 남성의 의식을 가지고 있다면 지금 현재의 체제를 유지하는 일에 자기도 모르게 헌신하게 될 것이라고 말하고 있다. 울프는 계급과 젠더를 분리해서 생각한 것이 아니라, 둘이 밀접하게 관련을 맺고 있다는 사실에 주목했다. 이런 의미에서 울프는 여성의 사회 진출을 더 자유로운 사회를 향한 첫걸음으로 설정한다. 훨씬 고차원적인 전망을 제시한 것이다.

전쟁이라는 긴박한 상황에서 울프는 전문직 여성의 출현이라는 현실에 만족하지 않고 여성이 어떻게 이 폭력을 끝내고 새로운 세계로 나아가는 주인공이 될 수 있을지 고민했다. 울프는 전문직이라는 직업 자체에 회의적이었다. 울프가 보기에 전문직은 부르주아 남성 중심주의가 만들어놓은 폐해였다. 울프가 구상한 더 자유로운 사회는 전문화가 없는 사회였다는 점에서 당시로 보나 지금으로 보나 놀랍도록 급진적인 전망이었다.

이런 사상가 울프를 손쉽게 모더니스트 작가로 이름 붙여서 책장에 꽂아버리는 것은 얼마나 게으른 일인가. 울프의 생각은 전문성의 문제가 인공지능과 같은 기계로 대체되고 있는 오늘날에 이르러 더욱 빛을 발한다.

여성해방으로서의 글쓰기

작가라는 직업에 대한 울프의 논의는 운 좋게 작가가 된 자신의 내력을 감상적으로 피력하기 위함이 아니었다. 울프는 당대에 대두하던 전문직의 명암에 대한 세심한 사유를 펼쳐 보이려 했다. 여성이 전문직에 진출하는 것은 시대의 흐름이고 더 나은 사회를 위해서는 바람직하지만, 여성이 기존 체제의 이데올로기를 재생산하고 확대한다면 아무런 의미가 없다고 인식했다.

이 지점에서 비로소 우리는 울프의 정치성을 발견할 수 있다. 자본주의가 초래한 개별화와 파편화의 문제점을 극복하기 위한 대안에 대해 울프는 총체적인 차원에서 이야기하고자 하는 것이다. 성공한 직업인은 일에 치여 건강을 돌볼 새도 없다고 비판한 버나드 쇼 같은 작가들도 이런 울프의 생각과 궤를 같이한다.

울프가 말하는 지적 직업으로 선택할 수 있는 작가는 유한계급의 특권이 아니다. 지적 자유와 창조성은 다른 범주의 문제다. 유한계급이라고 해서 지적 자유와 창조성을 그냥 허락받는 것이 아니라고 울프는 생각했다. 홀로 침실에서 펜을 들고 자신과 대결하면서 글을 써 내려가야 하는 고독한 시간은 유한계급이든 무산계급이든 차이가 없다고 생각했다. 이런 의미에서 여성 작가는 '여성'에 머무르지 않고 작가라는 보편의 존재로 진입할 수 있다.

울프에게 직업은 자본주의의 야만성을 체현하고 있는 피폐한 황야였다. 직업의 톱니바퀴에 말려들어 가는 순간, 남성이든 여성이든 상관없이 모두 체제의 부품으로 전락해버린다. 이런 비극을 연출하는 원인은 다름 아닌 부의 과잉 축적과 살인적 경쟁이다. 울프는 이 상황을 근본적으로 반문명적이라고 생각했다. 따라서 울프의 질문은 "직업에 종사하면서도 우리는 어떻게 문명인일 수 있는가?" 하는 점이다. 화폐의 노예가 되는 것이 아니라, 화폐 획득 자체를 더 나은 삶을 위한 수단으로 생각해야 한다고 주장하는 것이다.

울프는 순진하지 않다. 그는 분명히 말한다. 다른 사람에게서 독립하려면 반드시 벌이가 필요하지만, 그 벌이를 위해 삶을 파괴하는 것은 옳지 않다고. 오늘날 이런 울프의 주장은 전혀 새삼스럽게 들리지 않는다. 지적 자유를 위해 경제적인 자립이 필요하다는 울프의 생각은 그의 유물론을 잘 보여주는 것이다. 울프는 막연한 주장을 하는 것이 아니다. 역사적인 고찰을 통해 자본주의의 자유는 신분 해방이기도 하지만, 굶어 죽을 자유마저 주는 극단적인 방임이라는 진실을 포착했다. 여기에서 울프는 노동 계급에 대한 마르크스의 통찰과 만난다. 울프는 지적 평등이 아무나 작가로 만들어주지 않는다고 생각했다. 작가가 되기 위해서는 내면의 유령으로 출몰하는 이데올로기와 부단히 싸워야 한다고 이야기한다.

울프에 따르면 여성 글쓰기의 역사는 16세기로 거슬러 올라간다. 당시에 귀족 부인들은 다른 계급의 여성들에 비해 글을 쓸 여유가 있었지만, 여성의 처우에 대한 불만과 분노로 지적이고 창조적인 글쓰기를 하지 못했다는 것이다. 그럼에도 애프라 벤Aphra Behn 같은 여성 직업 작가가 출현했다는 것은 중요한 의미를 지닌다고 울프는 기술한다. '여성' 작가로서 벤은 글쓰기를 통해 생계비를 벌고 경제적으로 자립했다. 뿐만 아니라 일상 세계에서 탈출해서 '자유로운 존재'로 거듭남으로써 여성에게 강요하는 사회적 조건에서 성공적으로 벗어날 수 있었다고 울프는 말한다.

울프가 역사적으로 중요하게 보는 시기는 바로 18세기다. 귀족계급의 여성들만이 아니라 중간계급의 여성들이 본격적으로 글을 쓰기 시작한 이 시대야말로 인류 역사에 남을 만한 시기라고 울프는 주장한다. 이처럼 여성의 글쓰기에 대한 울프의 생각은 하나의 직업으로서 작가를 바라보는 것이 아니다. 그는 장구한 여성해방의 과정에서 여성 자신을 사회가 씌어놓은 굴레에서 벗어나게 만드는 무기로써 글을 바라보게 만든다. 울프가 보기에 근대는 여성이 더 자유로운 세계로 나아갈 수 있는 여러 가지 조건을 갖춘 시대다. 이런 맥락에서 울프는 "문학은 공통의 기반이다."라고 선언했던 것이다.

a room
of one's own

Virginia Woolf

《자기만의 방》,
여성 주체를 만드는 법

《자기만의 방》은 소설 못지않게 울프에게 유명세를 안긴 작품이다. 울프는 논객이었다. 그는 당대 사회에 대해 분명한 목소리를 냈다. 그러나 이런 주장은 사회를 향하기보다, 그곳에서 주체적인 존재로 성장해야 할 여성을 대상으로 삼는다. 그에게 글쓰기는 단순하게 생각을 표현하는 것을 넘어서 주체의 변용 자체를 끌어내는 행동이었다. 그래서 울프는 줄곧 자신의 경험을 소개한다. 작가로서 자신의 삶을 영위하는 것이 어떤 의미를 지니는지 울프는 이 책에서 되짚는다. 사상가로서 울프의 면모가 오롯이 드러나는 작품이라고 할 수 있다.

여성의 삶을 재구성하는 글쓰기

울프는 18세기 중간계급 여성 작가들의 출현을 "십자군이나 장미전쟁보다 더 중요한 역사적 사건"이라고 언급했다. 울프는 글을 써서 돈을 벌 수 있었기 때문에 여성 작가들의 출현이 가능했다고 생각했다. 여기에서 울프가 제기하는, 여성 작가를 가능하게 만든 중요한 요소는 원고료다. 글이 곧 생계 수단일 수 있다는 것은 대단히 중요한 문제다.

그러나 울프의 생각은 여기에서 그치지 않았다. 그에게 중요한 것은 글을 쓰기 위해 여성들이 참여하는 활동 전반이었다. 글을 쓴다는 것은 그냥 자신의 내면에 침잠하는 작업이 아니었다. 모임에 참석하고 다른 사람들과 만나서 교류하고 셰익스피어에 대한 에세이를 집필하는 일련의 과정 모두가 글을 쓰는 일이었다. 지적이고 예술적인 교류가 여성 작가의 의미였다. 말하자면 여성 작가는 단순히 글을 써서 먹고사는 것만이 아니라, 글을 통해 자신의 삶을 재구성하게 되는 것이다.

전국여성직업협회에서 강연하기 전날 울프는 일기에 "목욕을 하다가 완전히 새로운 책을 구상했다."라고 썼다.[1] 이 책에 대해 울프는 《자기만의 방》 후속편이 될 것이라고 말한다. 1년 반 후에 울프는 또다시 《세월》을 구상하면서 자신의 강연 원고를 영감의 원천이라고 언급한다. 〈여성을 위한 직업〉은 이런 의미에서 울프의 작품 세계에서 어떤 전환점을 보여주는 중요한 글이라고 할 수 있다. 앞에서 간략하게 살펴보았지만, 이 글이 중요한 까닭은 무엇보다도 울프가 작가로서 살아온 자신의 경험을 토대로 전문직 여성이 처한 현실적 문제들을 거론하고 있기 때문이다.

이 현실적 문제를 논하면서 울프는 여성의 글쓰기에 장애물로 작용하는 두 가지 요소를 거론한다. 첫 번째는 여성 작가의 내면에 도사리고 있는 '집안의 천사'이고, 두 번째는 여성으로서 신체가 느끼는 욕망을 있는 그대로 드러낼 수 없는 내적·외적 검열이다. 이 문제를 울프가 어떻게 다루고 있는지 살펴보도록 하겠다.

작가로 데뷔하기 전에 울프는 주로 남성 작가들에 대한 리뷰를 작성하면서 원고료를 받았는데, 그때 울프는 '집안의 천사'를 대면하게 되었다고 말한다. 이 '집안의 천사'는 무엇일까? 한마디로 '현모양처'의 이데올로기를 통해 만들어진 여성의 모습이다.

울프에 따르면 '집안의 천사'는 유령 같은 존재로, 빅토리아시대 이상적 여성의 자아를 뜻한다. 여성은 글을 쓸 때 자기도 모르는 사이에 사회가 요구하는 가장 이상적인 자아의 형상을 상상하고, 거기에 자신을 맞추게 된다는 것이다. 이 자아를 거부하는 것이 이를테면 당시 여성해방의 문제였다. 울프 역시 이 유령을 격퇴했다고 쓴다. 그러나 이 유령을 제거하는 것만으로 문제가 해결되는 것은 아니라고 말한다.

당대의 지배 이데올로기가 만들어낸 이 '집안의 천사'를 거부한 뒤에 울프가 대면한 것은 참된 여성의 자아라기보다, 오히려 그런 자아 자체가 존재하지 않는다는 깨달음이었다. 인류 역사를 통틀어 참된 여성의 자아를 찾으려고 했지만 실패한 것이다. 여성이 주체적으로 자신을 표현한 적이 거의 없었기 때문이다.

이런 깨달음은 그에게 "여성이란 무엇인가?"라는 근본적인 질문을 던지게 했다. 그러나 울프는 "여성이 자기 자신을 표현하기 전까지 아무도 알 수 없을 것"이라고 단언한다. 이런 발언은 두 가지를 생각하게 한다. 참된 여성의 자아는 여성 스스로가 만들어야 하며, 글쓰기라는 표현 방법은 다른 자아를 만드는 방법이라는 사실이다.

여성 주체를 생성하는 글쓰기

울프는 이미 이 시기에 글쓰기와 자아의 문제를 여성이라는 존재 기반을 통해 절실하게 깨달았다. 울프는 이 지점에서 직업을 갖는 것만으로 여성이 자신의 자아를 만들어내기 어렵다는 사실을 확인시킨다. 그가 여기에서 환기하고자 하는 것은 직업을 통해 얻게 되는 경제적 자립의 목적이다. 경제적 자립은 참된 여성의 자아 형성으로 연결되어야 한다. 그렇지 않을 경우에 전문 직 여성은 지배 이데올로기의 재생산에 복무할 뿐이다.

이런 울프의 주장은 참으로 선구적인 통찰을 담고 있다. 이미 1930년대에 울프는 이데올로기와 주체의 관계에 천착하는 모습을 보이지 않는가. 사실 이런 울프의 생각은 1980년에 프랑스에서 출간된 질 들뢰즈와 펠릭스 가타리Félix Guattari의《천 개의 고원 Mille Plateaux》에 등장하는 '여성-되기devenir-femme'의 개념을 연상시킨다. 이 철학자들이 기술하는 대목을 보자.

> 최초로 몸체를 도둑맞은 것은 소녀다. 그런 식으로 처신하면 안 돼, 넌 이제 어린 소녀가 아니야, 너는 사내아이가 아니야 등. 소녀는 생성을 도둑맞고, 하나의 역사 또는 선사先史를 강요받는다. 다음은 소년의 차례다. 사람들은 소년에게 소녀를 욕망의 대상으로 지칭하면서, 소녀와는 반대되는 유기체, 지배의 역사를 만들어낸다.[2]

여기에서 들뢰즈와 가타리는 '여성-되기'를 지배 이데올로기를 구성하고 있는 '백인, 남성, 어른, 합리성'에서 빠져나가는 욕망 자체로 제시하고 있다. 지배 이데올로기에 포섭당하지 않는, 또는 지배 이데올로기가 재현할 수 없는 존재가 바로 '여성'인 것이다. 이 주장에서 중요한 지적은 바로 이렇게 비재현적인 '여성'을 만들어냄으로써 '남성' 역시 규정된다는 사실이다.

울프 역시 이런 관점에서 여성이야말로 남성 지배 이데올로기에서 파악할 수 없는 존재라고 보았다. 여성을 지배 이데올로기의 산물로 보면서 단순하게 남성의 대척점에 놓여 있는 존재로 파악하지 않고, 그 지배 이데올로기의 언어로 표현할 수 없는 '소수자성'으로 본다는 점에서 울프의 생각은 두 프랑스 철학자의 견해와 상당히 닮았다. 이데올로기를 거부하는 것이 아니라 그 내재적인 작동 방식에 주목한다는 점에서, 울프의 생각은 저항과 주체의 관계를 고민한 현대의 문제의식을 예견하고 있는 셈이다. 울프는 이런 의미에서 여성의 주체를 '생성'하는 방법으로 글쓰기를 이야기한다. 여성이 자신을 표현해야만 비로소 여성이란 무엇인지 해명될 수 있다는 말은 그래서 의미심장하다.

이 지점에서 울프는 '기술의 발달'이라는 중요한 요소를 지적한다. 여성의 글쓰기는 바로 기술의 발달과 관련을 맺는다는 인식은 울프가 막연하게 낭만적으로 여성해방 문제를 이해하고 있는 것이 아님을 다시 상기시킨다. 울프에게 여성해방은 다른 무엇도 아닌 인류사의 발전을 통해 다가오는 필연적인 결과물이다. 문제는 이 해방의 상태에 머무는 것이 아니라 참된 여성의 자아를 '생성'하는 것, 다시 말해서 '여성-되기'다. 지배 이데올로기가 표현할 수 없는 '여성'이 자기 자신의 목소리를 낼 때, 비로소 참된 여성의 자아는 '생성'될 수 있다. 물론 이 자아는 고정된 정체성이라기보다 끊임없이 지배 이데올로기의 구조를 벗어나는 '됨 devenir'의 과정일 것이다.

개방적인 연대를 만드는 글쓰기

이 문제는 자연스럽게 울프가 이야기한 여성이 글을 쓸 때 맞닥뜨리는 두 번째 장애물로 이어진다. 울프는 첫 번째 장애물은 잘 극복했지만 두 번째 장애물은 제대로 극복하지 못했다고 솔직하게 말한다. 여성적 욕망을 표현하기 위해 여전히 갈 길이 멀다는 것이다. 여성적 자아를 구성해본 적이 없으므로 이런 문제는 당연히 생기는 것일지도 모른다. 결국 이 문제도 부단한 글쓰기 이외에 방법이 없다. 물론 글쓰기가 곧 자아의 구성이라는 울프의 철학을 참고하여 생각한다면, 두 번째 장애물의 문제는 극복할 수 있는 것이라기보다 끊임없이 작가를 한계로 밀고 가는 조건에 가까울 것이다. 이는 울프만이 아니라 모든 작가의 문제라고 할 수 있겠다.

김수영의 유명한 시 〈어느 날 고궁을 나오면서〉를 보면, 시인은 "왕궁의 음탕" 대신 "50원짜리 갈비가 기름덩어리만 나왔다고 분개하는" 자신을 반성한다. 붙잡혀간 소설가를 위해 언론의 자유를 요구하거나 월남 파병에 정정당당하게 반대하지 못하고, 옹졸하게 사소한 일들에 분노하는 자신을 책망한다. 울프가 말하는 자기 검열의 문제도 김수영이 노래하고 있는 이 '옹졸한 분노'와 무관하지 않다.

울프는 〈여성을 위한 직업〉에서 자신이 '집안의 천사'를 물리칠 수 있었던 이유는 물려받은 재산이 있었기 때문이라고 솔직하게 고백한다. 여기에서 알 수 있듯이, 울프는 재산을 물려받지 못한 계급의 여성들이 장애물을 극복하기 더 어렵다는 사실을 인정하고 있다.

울프 역시 김수영처럼 현실을 직시하고자 노력했다. 작가로서 성공한 자신을 이상화하고 거드름을 피우는 것이 아니라, 자신의 처지와 조건을 정확하게 돌아보고 이 성찰을 통해 보편적 의제에 대한 해결책을 모색하고자 했다. 울프는 본인을 영웅으로 생각하지 않았다. 스스로를 영웅화하기보다, 자신의 경험을 토대로 어떻게 전문직 여성에게 도움을 줄 수 있을지 고민한 것이다. 이 고민은 〈여성을 위한 직업〉의 말미에 등장하는 연대의 제안으로 이어진다. 울프는 여성을 방해하는 '끔찍한 장애물들'과 싸워야 하지만, 또한 그렇기 때문에 어떤 수단과 목적으로 싸움을 진행해야 할지 '토론'해야 한다고 말한다.

이 지점에서 울프의 통찰은 다시 한 번 빛을 발한다. 그는 어떤 목적을 당연시하고 절대시할 것이 아니라 그 목적 자체를 의심하고 쉴 새 없이 검토해야 한다고 주장한다. 울프가 생각한 '자기만의 방'은 여성 홀로 틀어박혀 있는 고립된 공간이 아니다. '자기만의 방'을 쟁취하는 것이 목적이라기보다 그 방을 공유하는 것이 중요하다는 것이다. 울프는 이렇게 말한다.

여성은 아테네 노예의 아들보다도 지적 자유를 누리지 못했습니다. 그러니 여성에게는 시를 쓸 수 있는 일말의 기회도 없었던 거지요.

이 때문에 나는 돈과 자기만의 방을 그렇게 강조했습니다. 그럼에도 과거에 알려지지 않은, 그러하기에 우리가 더 많이 알아야 하는 여성들의 노고 덕분에, 그리고 신기하게도 두 차례의 전쟁, 말하자면, 플로렌스 나이팅게일을 응접실에서 뛰쳐나오게 했던 크림전쟁과 약 60년 후 평범한 여성들에게도 문을 열어준 유럽 전쟁 덕분에 이런 해악들이 개선되고 있는 와중입니다. 그렇지 않았더라면 여러분은 오늘 밤 여기 오실 수 없었을 것이고, 연간 500파운드를 벌 기회는, 말하기에 유감스럽게 지금도 불확실하긴 하지만, 극히 적었을 것입니다.[3]

울프는 지배 이데올로기의 균열을 비집고 들어간 다른 여성들의 투쟁 덕분에 여성들의 권리가 이나마 개선되었다고 말한다. 물론 여전히 불확실하고 미미하긴 하지만, 이 정도 진전이 이루어진 것도 괄목할 만하다고 평가한다.

그러나 울프는 여기에서 멈출 수는 없다고 주장한다. 그러려면 필요한 것이 협업과 연대다. 개방적이고 생성적인 연대가 아니라 배타적인 연대가 이루어진다면 또 다른 속박으로 이어질 수 있다고 경고한다. 이런 울프의 입장에서 독서와 글쓰기는 개방적이고 생성적인 연대를 가능하게 만드는 중요한 수단이다.

여러분은 여전히 내 말에 반대할지도 모르겠습니다. 그렇게 엄청난 노력을 요구하고 어쩌면 숙모를 살해하게 될지도 모르는데, 오찬 모임에 거의 항상 늦을 테고, 고매한 사람들과 심각한 논쟁을 일삼게 될 것인데, 왜 그렇게 여성이 글을 써야 한다고 내가 강조하는지 의아할 것입니다. 스스로 인정하지만, 나의 동기부여는 이기적인 것입니다. …… 나는 여러분에게 아무리 사소하고 아무리 광범위한 주제라도 좋으니 망설이지 말고 무슨 책이든 쓰시라고 권하고 싶습니다. 어떤 수단을 동원하든, 여행을 가고 여유를 즐기면서 세계의 미래와 과거를 성찰하고 책을 읽고 공상에 잠기며 길거리를 배회하고 사유의 줄을 강 속에 깊이 담글 수 있기에 충분한 돈을 여러분 스스로 확보하기를 바랍니다. …… 내가 쓴 노트들을 돌이켜보고 내 사고의 궤적을 비판할 때, 나에게 부여된 동기가 전적으로 이기적일 수 없음을 깨달을 것입니다.[4]

이 부분을 읽으면 빙그레 웃음을 지을 수밖에 없을 것이다. 울프는 글을 쓰기에 충분한 '재정 상태'를 주문한다. 물론 이런 발언은 오해를 초래할 수도 있겠지만, 내가 보기에 울프의 말에 숨은 의미는 독서와 글쓰기를 지탱해줄 정도의 '재정 상태'를 갖추는 것이 필요하다는 것이다. 당연히 이 '재정 상태'는 쉽게 달성하기 어렵겠지만, 울프가 말하는 내용은 사실상 오늘날 '비혼족'이 고민하는 어떤 지점을 드러낸다.

울프의 주문은 '부자가 되라'는 뜻이 아니다. 독립적인 자신의 삶을 유지할 만한 '재정 상태'를 갖추라는 것이다. 당시 울프가 살았던 시대의 기준으로 1년 수입 500파운드가 그 적정한 '재정 상태'다. 오늘날 기준으로 환산하면 1만 9000파운드 정도에 해당하는 금액으로, 한화로 2800만 원 정도다. 그러니까 울프가 제시하는 '자기만의 방'을 유지하려면 한 달에 최소 200만 원 이상의 수입이 있어야 한다는 결론이 나온다. 쉽지 않은 일임이 틀림없다. 울프 역시 쉬운 일이라고 말하지 않았다.

'자기만의 방'을 재정 문제와 연결하고 있다는 점에서 울프는 확실한 현실주의자다. 그러나 돈에 관한 현실주의자 울프의 인식은 근대성의 핵심 요소를 드러내고 있는 것이기도 하다.

글쓰기의 조건과 근대성

이를 다른 논의와 연결해서 생각해볼 필요가 있다. 울프와 비슷한 시대에 살았던 독일의 철학자 게오르크 지멜Georg Simmel은 근대성과 돈의 관계를 고찰하는 《돈의 철학Philosophie des Geldes》이라는 책에서 '화폐경제'와 문화의 관계를 논하고 있다. 언뜻 들으면 돈을 어떻게 쓸 것인지에 관한 철학을 논하는 책처럼 보이지만, 사실은 근대성과 돈의 관계를 논하고 있다.

지멜은 당시로 본다면 놀라울 정도로 다양한 관점에서 근대성의 문제를 제일 앞장서서 파헤쳤다. 돈에 관한 관심도 그중 하나라고 할 수 있다. 지멜이 말하는 돈은 그냥 물질 형상이라기보다 '화폐경제'를 뜻한다. 지멜의 말을 한번 들어보자.

현재의 체험은 더욱 구체적인 의미를 띠면서 문화의 또 다른 발전, 즉 도구에 불과한 것이 자기 목적으로 기형 성장하는 것과 맞물려 들어가는 듯하다. 목적론적 계열의 수정은 특히 도구가 목적을 은폐하는 데 있어 세계사적으로 가장 광범위한 예를 보여주는 영역에서 일어났다. 그것은 다름 아닌 *경제* 영역이다. 굳이 말할 필요도 없이 이 예는 돈이다. 돈은 교환과 가치 보상의 수단으로서, 이 같은 중간 매개자의 기능 외에는 아무 가치도 의미도 없는, 극단적인 무다.

그런데 돈이 대다수 문화 인간의 최고 목표가 되어버렸다. 즉, 합리적인 이성에 비추어보면 정당화될 수 없는 일이지만, 목적을 달성하기 위한 노력은 대개 돈을 가짐으로써 종결되곤 한다. 경제의 형성과 발전을 보면 물론 이러한 가치 전도를 이해할 수 있다. 왜냐하면 언제 어디서나 재화를 구할 수 있도록 하는 것이 경제인 관계로, 인간적 염원을 충족시키기 위해서는 그에 필요한 돈을 소유하는 것이 가장 중요하기 때문이다. 현대인의 의식에서 결핍은 대상의 결핍이 아니라 그것을 살 수 있는 돈의 결핍을 의미한다.[5]

흥미롭게도 이런 가치 전도의 실상이 드러나는 것은 화폐의 기능을 교란하는 경제 위기다. 다른 유럽 국가들이 독일을 경제적으로 봉쇄하는 정책으로 인해 유입되는 상품이 부족해지자 돈이 있어도 물건을 살 수 없는 상황이 벌어진 것이다. 이를 두고 지멜은 "혁명적 변화"라고 말하면서, "평소에 돈만 있으면 살 수 있던 식료품이 모자라게 되고 공급이 불확실해지면서, 다시 식료

품의 최종적인 가치 특성이 두드러진다."라고 말했다.

지멜에게 화폐는 단순한 교환의 매개라는 기능적 차원에서 한 발 더 나아가서 일상생활을 관통하는 중요한 문화적 요소다. 지멜에게 화폐는 '삶의 스타일'을 사물화한다. 사물에 속하지 않던 것을 사물로 만드는 재주가 화폐의 교환 기능에 숨어 있다고 생각했다. 지멜의 화폐론은 화폐 자체에 대한 분석에 그치지 않고, 그의 철학 전반에서 발견할 수 있는 생각을 화폐경제 영역에 적용한 것이라고 할 수 있다. 개인의 발전이 객관적 사물의 매개를 통해 이루어질 수 있다는 지멜의 생각은 화폐론에서도 발견할 수 있다. 지멜은 다음과 같이 말한다.

> 대상에 대한 인간의 향유는 완전하게 분리될 수 없는 행위다. 이 향유의 순간에 우리는 대면하는 대상을 인지하지 못하거나 현재의 조건과 구분할 수 있는 자아에 대해서 인지하지 못한다. 가장 낮고 가장 높은 현상들이 여기에서 서로 만난다. 기본적인 충동, 특히 비인격적이고 일반적인 본성의 충동은 대상을 향하고 어떠한 방식을 취하든 만족을 추구한다. 집요하게 만족을 추구하는 의식은 그 담지자나 대상 모두에게 아무런 관심을 기울이지 않는다.[6]

여기에서 지멜은 대상에 대한 몰입을 말한다. 몰입이 만들어내는 상황은 의식과 무관하다. 욕망은 통제할 수 없는 몰입을 만들어낸다. 지멜의 분석은 심리학적인 문제를 앞세우고 있다. 지멜이 이런 주장을 하는 까닭은 화폐와 욕망의 문제가 밀접하게 관련을 맺고 있다고 생각했기 때문이다.

지멜은 "객관화된 정신"의 무형식성으로 인해서 이런 결과가 발생한다고 말한다. 지멜에 따르면, "객관화된 정신은 전체적으로 그 무형식성 덕분에 주관적 정신을 재빠르게 앞지르는 발전 속도를 가진다." 주관적 정신은 유혹을 이길 수 없다. 사물의 유혹 앞에서 주관적 정신은 속절없이 무너진다.

지멜이 말하고 있는 것은 비극의 구조다. 비극은 객관적 운명 앞에 소멸하는 주관성을 보여주는 장르다. 이런 맥락에서 화폐의 작동은 지멜에게 '근대의 비극'을 만들어내는 원인처럼 보였을 것이다. 자신이 창조한 세계의 자체적 법칙성이 정신의 자기완성을 결정하는데, 바로 거기서 문화의 내용을 점점 더 빠르게 그리고 점점 더 멀리 문화의 목적에서 끌어내는 논리와 역동성이 생성되는 것을 목격하는 것이야말로 근대의 비극이다.

울프가 자신의 시대를 바라보던 관점 역시 지멜과 유사했다고 할 수 있다. 지멜 역시 "우리가 제기하는 진정한 문화 문제는 여성이 추구하는 자유의 힘으로 새로운 문화적 특성이 형성되느냐는 것"이고 "이 문제는 오로지 직업의 새로운 분할 혹은 세밀한 분화의 기초가 있다는 전제에서는 긍정적으로 답해질 수 있을 것"이라고 생각했다.[7] 물론 울프는 이런 지멜의 주장에서 더 나아가 독서와 글쓰기를 통한 참된 여성적 주체의 생성이야말로 새로운 문화를 가능하게 만들 것이라고 보았던 것이다.

《세월》,
행복의 조건과 가능성

이 장에서 함께 읽을 《세월》은 울프가 마지막으로 남긴 소설이다. 《세월》은 내면의 행복을 찾아가는 주인공의 삶을 보여준다. 1880년대부터 1930년대 중엽까지 걸쳐 있는 한 가족의 내력이 펼쳐지는데, 주인공의 내면에 맞추어 전체 이야기가 짜여 있다. 이 소설을 쓸 무렵 세상은 전쟁을 향해 치닫고 있었다. 절망적인 상황에서 울프는 행복을 찾고자 한다. 그는 수동적인 자세로 행복을 추구하는 방식에 의문을 제기하고, 적극적인 창조 행위만이 행복을 줄 수 있다고 말한다. 《세월》에서 주인공은 결국 자신의 고향을 찾아가 그곳의 자연에서 행복을 발견한다. 주인공이 적극적으로 행동하지 않았다면 이런 일이 일어났을까?

행복의 조건

울프도 행복한 때가 있었을까? 병마와 세간의 오해에 대적하느라 울프에게는 행복할 겨를조차 없었던 것처럼 보인다. 그러나 울프 역시 끊임없이 행복을 고민한 작가였다. 1940년 독일군의 런던 공습을 그린 울프의 에세이 〈공습의 순간에 평화를 생각하다*Thoughts on Peace in an Air Raid*〉를 읽어보면 행복에 대한 그의 태도를 알 수 있다. 공습 내내 울프는 공포에 얼어붙은 채 침대에 누워 비행기가 날아오는 소리를 듣는다. 울프는 "공포를 이기기 위해 모든 감각이 얼어붙었다."라고 묘사한다.

단단한 송판에 온몸이 못 박힌 것처럼 꼼짝도 할 수 없었다. 공포와 증오의 감정은 아무 소용없이 무력했다. 그 직접적인 공포가 지나고 나자 평정심을 되찾고 본능적으로 지난 일들을 되새기기 시작했다. 캄캄한 방이었기에 기억에 의존하는 수밖에 없었다. 지난날 바그너를 듣던 베이루트에서, 캄파나를 걷던 로마에서, 런던에서 겪은 지난

8월에 대한 기억이 되살아났다. 친구들의 음성이 되돌아왔다. 스크랩해놓은 시들도 다시 생각났다. 각각의 생각은, 비록 기억에 지나지 않는다고 할지라도, 공포와 증오를 만들어내고 있는 단조로운 공포에 비해 진짜와 같이 생생하고 위안이 될 뿐만 아니라 창조적이었다. 그러므로 만일 우리가 자신의 영광과 총을 잃어버린 젊은이들에게 보상해야 한다면, 반드시 창조적인 느낌에 이르도록 해줘야 할 것이다. 우리는 행복을 만들어야 한다.[1]

에세이스트로서의 울프는 확실히 소설가로서의 모습과 다르다. 흥미로운 것은 울프가 행복을 창조해야 한다고 말했다는 점이다. 그는 행복의 조건으로 창조적인 행위를 언급한다. 젊은이들에 대한 보상은 행복을 주는 것이 아니라 창조적인 느낌에 이르도록 해주어야 한다는 것이다.

그러나 위의 진술에서 확인할 수 있듯이, 울프에게 창조성의 개념은 항구적인 것이라기보다 일시적인 것이다. 그래서 울프가 단순히 행복을 사유나 창조에서 찾았다고 결론지을 수는 없다. 울프는 창조의 즐거움을 기억에서 찾고 있기 때문이다. 바그너를 듣고, 캄파냐를 거닌 기억은 창조적인 사유와 뒤섞인다. 이 기억은 지금 공포에 짓눌린 현실을 잊게 만든다. 이 짧은 순간이야말로 울프에게는 행복이 만들어지는 찰나다. 그렇게 짧은 순간에 만들어진 행복의 순간은 기억에 남아 반복해서 되살아난다. 과거의 기억을 되돌아오게 하는 영화의 플래시백flashback처럼 말이다.

주세페 토르나토레_{Giuseppe Tornatore} 감독의 〈시네마 천국^{Cinema} Paradiso〉이란 영화를 생각해보자. 유명한 영화감독인 토토는 고향 마을의 영화 기사였던 알프레도의 부음을 듣고 30년 만에 고향 을 다시 찾는다. 알프레도는 토토를 위해 특별한 선물을 준비해 두었는데, 이는 당시 검열 때문에 상영할 수 없었던 유명 영화의 키스 장면들을 모은 필름이었다. 이 필름은 토토의 30년 전 기억 을 현재로 되살려내는 역할을 한다.

울프가 말하는 기억의 귀환은 이런 의미로 이해할 수 있을 것 이다. 30년 전에 나누었던 우정의 시간이 생생하게 되살아나는 것. 프루스트가 마들렌 과자의 맛과 향기를 통해 게르망트의 추 억을 반복해서 그리듯이 말이다.

이것이 바로 삶이다. 이 메시지에 동의한다면, 순간순간을 의 미 있게 사는 것이 얼마나 중요한지 깨달을 수 있을 것이다. 울프 가 정작 하고 싶었던 말은 이처럼 매 순간을 창조적으로 사는 것 이 중요하다는 말이 아니었을까? 그러나 여기에서 중요한 것은 '매 순간을 창조적으로 살아야 한다'는 말이 당위적인 명령이 아 니라는 점이다.

행복은 주어지는 것이 아니다

울프가 행복을 고민한 순간은 공포로 얼어붙은 불가항력적인 상황이었다. 불가항력의 상황에서는 내 의지대로 무언가를 할 수가 없다. 절대적 부정성이 나의 의지를 송판에 못 박아버린 상태다. 이 비자발적인 상태야말로 창조적인 순간이라고 울프는 말하고 싶은 것 같다. 무엇인가 창조한다는 것은 새로운 것의 출현을 의미한다. 새로운 것은 기존의 것을 부정하지 않은 상태에서 등장하기 어렵다. 따라서 전쟁에서 죽음을 경험한 젊은이들은 이 창조의 느낌에 더 쉽게 이를 수 있다. 절멸의 경험은 모든 것을 부정하게 만들기 때문이다. 울프는 기존의 것을 지워야 새로운 것이 들어설 수 있다고 생각했다. 그리고 이런 과정이야말로 행복을 만들어내는 기제였다.

사실 전쟁이란 것은 국가적 과제다. 정부는 전쟁이 '국민'의 안녕과 행복을 위한 것이라고 선전한다. 이에 반해 울프가 말하는 행복은 국가적 과제에 속하는 것이 아니다. "우리는 행복을 만들어야 한다."라는 진술 또한 국가적 과제에 해당하지 않는다. 이 문장은 새뮤얼 존슨의 시집 《인간 욕망의 허영The Vanity of Human Wishes》에 실린 시 중에 한 구절을 연상시킨다. 시에서 존슨은 천상의 지혜로 마음이 정화되고 행복이 만들어진다고 읊는다. 행복은 주어지는 것이 아니라 만들어지는 것인데, 천상의 지혜에 기대어 행복하려고 노력해야 행복해질 수 있다는 것이다.

물론 존슨의 생각을 울프가 그대로 옮겨놓은 것은 아닐 테다. 울프에게 천상의 지혜는 없다. 공습의 공포로 얼어붙은 상황이 있을 뿐이다. 그런 그에게 지혜는 사치스러운 것에 불과하지 않았을까?

그런데 사실 창조의 문제는 종교적인 쟁점이다. 종교와 유물론이 이 창조라는 개념을 둘러싸고 긴 논쟁을 펼친 것이 유럽의 사상사다. 종교적인 관점에서 보면 창조는 무에서 유를 만들어내는 것이다. 카를 마르크스를 비롯한 초기의 유물론자들은 이런 창조 개념을 공격했다.

마르크스가 이런 주장을 펼친 《독일 이데올로기Die deutsche Ideologie》를 읽어보면, 어떤 논리에서 비판이 가능한지 알 수 있다. 마르크스는 막스 스티너의 '창조적 무kreativ nichts'라는 개념을 비판하면서 이런 종교적 창조 개념이 자본주의 이데올로기와 한 짝이라고 말한다.[2] 마르크스는 이 생각을 더 발전시킨다. 뒷날 쓴 《경제학-철학 수고 1844Ökonomisch-philosophische Manuskripte aus dem Jahre 1844》에서 마르크스는 아리스토텔레스의 창조 이론을 언급하면서 '인간이 인간을 창조했다'는 생각이 더 옳다고 주장한다.

아리스토텔레스는 하나의 사물에서 다른 사물이 나왔다는 가설과 신이 세계를 창조했다는 가설 중에서 신이 세계를 창조했다는 가설이 훨씬 설득력 있다고 말했다. 마르크스는 이런 아리스토텔레스의 입장에 반대해서 '인간은 인간에게서 나왔다'고 주장한다. 이러한 마르크스의 생각은 앞선 시대 독일 이상주의 철학자들과 궤를 같이한다. 인간은 스스로 출현한 것이라는 생각은 결과적으로 인간만이 인간의 결정에 책임을 질 수 있다는 말이기도 하다.

울프의 창조 개념은 종교적이라기보다 다분히 마르크스의 주장에 가깝다. 행복을 창조한다는 울프의 생각은 신적인 존재를 통해 행복이 자동으로 주어지는 것이라는 입장에 반하는 것이다. 여기에서 중요한 것은 행복을 창조해야 한다는 정언명령이다.

기억으로 행복을 주조하다

이런 의미에서 전작을 살펴보면 울프는 끊임없이 행복을 주조하는 문제에 천착했다. 그의 주인공들은 다른 무엇도 아닌 자신의 삶을 직조하고 만들어내는 것에 열중한다. 그 열중을 매개하는 것은 바로 기억이다. 공습의 순간에 울프가 과거의 기억을 돌아보는 것처럼, 그의 주인공들 또한 자신의 삶을 옴짝달싹하지 못하게 만들어놓은 조건 아래 오로지 자기 자신만을 파고든다.

울프의 주인공들은 확실히 '인간 스스로 인간을 만들어내는 과정'을 보여준다. 이 과정은 무엇일까? 정신분석학적으로는 무의식과 의식의 변증법일 것이다. 울프가 의식의 흐름 기법을 구사하면서 정신분석학에 깊은 관심을 가졌던 것은 우연이 아니다. 울프가 궁금했던 것은 단독자 인간이 어떻게 초월적인 종교에 기대지 않고 스스로 행복해질 수 있는지의 문제가 아니었을까?

그렇다고 울프가 인간의 가능성을 무한히 긍정했던 것은 아니다. 울프는 행복을 만드는 인간의 노력에 한계가 있음을 직시했다. 오히려 현실적으로 그는 개인의 행복 추구를 방해하는 공동체의 문제를 거론하기도 했다.

울프는 두 차례의 세계대전을 거치면서 더욱 집중적으로 행복에 대해 생각했던 것으로 보인다. 공동체의 행복이 파괴되는 그 시점에 그는 행복의 문제를 깊이 파고들었다. 행복해질 가능성과 조건에 대한 울프의 고민은 당시 시대적인 배경을 반영하는 것이라고 할 수 있다. 그렇지 않더라도 행복은 인류 공통의 관심사이자 바람이다. 누구든 붙잡고 삶의 목적을 물어보면 행복이라고 대답하지 않을까? 그러나 그 행복을 어떻게 이룰지 다시 물어본다면, 쉽게 답할 수 있는 이들은 많지 않을 것이다.

공동체의 파괴라는 재난 상황에서 울프의 행복 추구는 상당히 사적이고 개인주의적인 것처럼 보인다. 역사적 공포에 맞선 사적인 행복이 가능할까? 《댈러웨이 부인》에서 울프는 다음과 같이 행복의 순간을 그려낸다.

《세월》· 행복의 조건과 가능성

웨스트민스터에 살다 보면 ─몇 년이나 살았지? 20년도 넘었네─ 이렇게 차량들의 행렬 한가운데에서, 또는 한밤중에 깨어나서, 특별한 정적 또는 엄숙함을 느끼게 되지, 클라리사는 확실히 그랬다. 형용할 수 없는 정지의 순간, 빅벤이 울리기 직전 느끼는 (독감이 심장을 나쁘게 만들어서 그렇다고들 하지만) 조마조마함. 아 저기! 종소리가 울려 퍼지네. 음악 같은 예종이 울리고 돌이킬 수 없이 시종이 울린다. 묵직한 소리의 파장이 공중으로 스러져간다. 우리는 정말 바보들이야. 빅토리아 거리를 건너면서 그녀는 생각했다. 왜 그렇게 살고자 하는지, 왜 그렇게 삶을 보는지, 그 삶을 꿈꾸고 둘레에 쌓다가 뒤엎어버리면

서 매 순간 새롭게 만들어내는지 하늘만이 아실 일이다. 더없이 너저
분한 입성을 하고 낙담한 상태로 남의 집 앞에 앉아 있는, (몰락을 마시고
있는 것이겠지) 비참한 사람들조차도 마찬가지야. 저 사람들. 그 때문에
의회법으로도 다스릴 수 없는 거야. 그녀는 확신했다. 저 사람들도
인생을 사랑하거든. 사람들의 눈동자에, 경쾌한, 묵직한, 터덜거리는
발걸음에, 아우성과 소란에, 마차와 자동차와 승합차와 짐차, 발을
끌며 경쾌하게 돌아다니는 샌드위치 맨, 관악대와 손풍금, 환희로운
탄성과 딸랑대는 소리, 머리 위로 날아가는 비행기가 내는 신기하게
높은 여음에, 그녀가 사랑하는 것이, 삶이, 런던이, 이 6월의 순간이
다 들어 있다. [3]

삶은 무엇일까? 삶을 사랑한다는 것은 무엇을 의미할까? 울프
는 삶을 사랑한다는 것은 곧 자기 둘레에 만족을 쌓는 것이라고
말한다. 사람들은 그렇게 만족을 쌓다가 뒤엎어버린다. 행복을
쌓는 이 경쾌한 리듬은 창조적 순간을 만들어내는 계기를 축적
한다. 일상다반사가 물결처럼 스쳐가는 과정에서 울프는 행복의
가능성을 본다. 이 가능성은 행복을 만들 수 있을 것이라는 확신
에서 온다.

《댈러웨이 부인》의 주인공 클라리사는 '인생을 사랑하는 것'은
법으로도 다스릴 수 없다고 말한다. 클라리사는 제1차 세계대전
의 후유증을 고스란히 체험하는 인물이다. 전쟁의 고통은 행복과
멀어도 너무도 멀다. 이런 상태를 극복하기 위해 클라리사는 행

복이 만들어질 수 있다고 믿는다. 삶은 비참하지만, 행복은 만들어낼 수 있다.

《댈러웨이 부인》에서 확인할 수 있듯이, 울프가 이야기하는 '행복을 만든다'는 개념은 전후 복구의 문제와 무관하지 않다. 그러므로 그에게 행복이란 것은 복구의 문제다. 삶의 둘레에 쌓아놓은 만족을 뒤엎고 다시 복구하는 것, 그리고 이런 복구가 가능할 것이라고 확신하는 것이 곧 행복을 만드는 과정이다.

> 문제없다고 의사 홈스는 말할지 모른다. 그러나 그녀는 차라리 그가 죽어버렸으면 싶었다! …… 모든 것이 끔찍했다. 그가 자살하진 않을 것이다. 누구에게도 말할 수 없었다. 어머니에게도 "셉티머스는 일을 너무 많이 했어요."라고 말할 수밖에 없었다. 누군가 사랑하면 외로워져. 그녀는 생각했다. 아무에게도, 이제는 셉티머스에게도 말할 수 없었다.⁴

클라리사는 전쟁의 후유증으로 자신을 제대로 알아보지 못하는 남편 셉티머스의 상태를 살피며 마음이 찢어진다. 그럼에도 클라리사는 끊임없이 의사의 말을 환기하면서 '큰일이 아니'라고 다짐한다. 상황은 클라리사의 바람대로 흘러가지 않겠지만, 그럼에도 그는 끊임없이 자신의 행복을 만들고자 한다. 남편은 자기 없이도 행복하겠지만, 자기는 그렇지 않다고 믿는다. 이 믿음으로 그는 파괴된 삶을 복구하고자 한다.

흥미롭게도 이 소설에서 의사는 클라리사를 도와주는 인물이라기보다 그에게 잘못된 정보를 제공하는 당사자로 나온다. 이는 행복이 임상의학의 문제일 수는 없다는 울프의 생각을 암시하는 듯하다.

댈러웨이 부인, 그러니까 클라리사가 끊임없이 런던을 돌아다니는 것은 자신이 사랑하는 장소들을 통해 만족감을 얻으려는 것이다. 시내를 걸어 다니면서 클라리사는 자신이 살아 있음을 확인하고 행복해한다. 행복은 끊임없이 방해받지만, 그럼에도 그는 같은 노력을 되풀이한다. 이것이 《댈러웨이 부인》이라는 소설을 지배하는 울프의 사상이다.

삶을 사랑한 울프

울프에게 행복은 주어지는 것이 아니라 만들어내는 것이고, 끊임없이 재구성하고 재구축하는 문제였다. 이런 생각은 그의 친구 버트런드 러셀Bertrand Russell의 《행복의 정복The Conquest of Happiness》에 등장하는 생각과 결을 달리한다. 러셀은 "통계가 보여주듯이, 건강은 지난 수백 년 동안 문명 발달에 따라서 서서히 개선되었다."라고 말했다. 그런데 여기에는 마음의 문제에 대한 고민이 빠져 있다. 러셀은 몸이 건강해짐에 따라 다양한 분야에 관심을 가지면 자신에 대한 집착을 바깥으로 돌릴 수 있어 마음의 건강을 얻을 수 있다고 보았다. 이런 승화를 러셀은 '정신위생mental

_{hygiene}'이라고 불렀다.

그러나 울프에게 행복은 '정신위생'의 문제가 아니었다. 그러기에 울프가 겪은 삶은 내외적으로 너무 압도적이었다. 마음에 깊은 병이 있었고, 두 번의 전쟁을 겪었다. 이런 격심한 변화의 한복판에서 건강에 따라 행복을 구성할 수 있다는 러셀의 말이 얼마나 허망한지 깨닫지 않았을까. 행복은 의학적 건강의 문제가 아니라는 생각은 의학적으로 건강하다고 해도 행복하지 않을 수 있다는 울프의 삶의 철학을 명쾌하게 보여준다.

이 모든 것은 울프 혼자만의 생각이 아니었다. 전후 런던은 전쟁의 상처를 치유하기 위한 집단적인 행복 만들기의 현장이었을 것이다. 울프는 이 광경을 지켜보면서 클라리사라는 인물을 창조했다. 어쩌면《댈러웨이 부인》이야말로 어디에서도 행복의 가능성을 발견하기 힘들었던 울프가 행복을 만들 수 있다는 사실을 확신하는 과정 자체였는지도 모른다.

울프는《세월》이라는 소설에서도 개인의 행복과 집단의 행복이 어떻게 관련되어 있는지 탐구했다. 주인공 키티는 런던을 떠나 영국 북부에 있는 자신의 고향에 도착해서 행복을 만끽한다. 그녀가 '생의 최고'라고 느낄 때는 자연으로부터 만족감을 얻을 때다. 그리고 시간이 멈추어버린 순간, 키티는 행복을 느낀다. 《댈러웨이 부인》에서 행복이 깨어지기 쉬운 유리잔 같은 것이라면,《세월》에서 행복은 거대한 변화를 의미한다. 시간이 멈추어버린 그 순간에 행복을 느낀다는 점에서 말이다. 세상의 종말 같은 순간에 행복을 느낀다는 것은 무슨 의미일까?

집단이 아닌 개인 차원에서 체험할 수 있는 행복을 울프는 이렇게 그린 것 같다. 이런 행복의 체험을 거친 개인은 결코 과거의 개인과 똑같을 수 없을 것이다. 울프는 쾌락 원칙을 재구성하는 것을 행복의 체험이라고 보았다.

키티는 활달한 여성이다. 클라리사 못지않게 그는 행복을 위한 노력을 포기하지 않는다. 이 인물은 울프가 생각하는 행복을 창조하는 데 가장 부합하는 성격을 가지고 있기도 하다. 그렇다고 키티가 대의에 충실한 인물은 아니다. 오히려 그는 불빛이 은은한, 방과 같은 작은 공간에서 행복의 순간을 채집한다. 이런 점은 확실히 클라리사를 닮았다.

앞서 이야기한 것처럼 울프에게 행복은 통계적인 수치로 표현할 수 없는 것이었다. 즉, 근대 문명이 발달하고 물질적인 풍요가 넘쳐난다고 해서 결코 행복이 저절로 얻어질 수는 없었다. 오히려 그에게 행복은 끊임없이 그 자체를 추구하는 과정이었다. 그렇다면 질문을 던질 수밖에 없다. 클라리사든 키티든, 아니 더 나아가서 울프 자신으로 하여금 끊임없이 행복을 추구하게 만든 힘은 무엇인가? 울프는 간단하게 대답할 것이다. '삶에 대한 사랑'이라고. 삶을 너무도 사랑했기에 울프는 삶이 파괴되어가는 것을 그대로 볼 수 없었다. 이런 의미에서 울프의 죽음은 삶에 대한 사랑의 연장이라고 말할 수 있다.

울프에게 행복이란 물질주의적 조건을 넘어서서 존재한다. 이런 울프의 생각이 순진하다고 생각할지도 모르겠다. 그러나 중요한 점은 울프가 염두에 둔 행복이 물질적 조건을 초월해서 존재하는 것이 아니라, 그 조건 자체를 사랑하는 데서 온다는 것이다. 우리가 벗어날 수 없는 그 상황에 분명 틈이 있다. 울프는 그 틈을 사랑하라고 말한다. 쉬운 일처럼 보이지만 결코 쉽지 않은 일이다. 울프는 이렇게 살다가 자신을 사랑하는 방식으로써 삶을 마감하는 길을 택했다. 1940년 일기의 한 귀퉁이에 울프는 다음과 같이 썼다.

그렇게 정말 행복했다—그 순간은 그랬다. 어떤 지지대도 없었다. …… 그 순간을 둘러싼 어떤 건강한 조직도 없었다. 그냥 몽롱한 상태였다. 그러나 그 순간, 테라스에서, 그 누구도 아닌, 오직 레너드와 함께, 진짜 행복했다.[5]

《세월》· 행복의 조건과 가능성

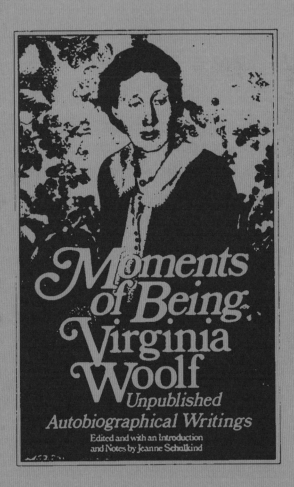

Moments
of Being.
Virginia
Woolf
Unpublished
Autobiographical Writings

Edited and with an Introduction
and Notes by Jeanne Schulkind

《존재의 순간들》, 여성에게 조국은 없다

《존재의 순간들》은 울프의 유고집이다. 그의 평생 동지이자 남편인 레너드 울프가 버지니아의 전기를 집필하겠다는 퀜틴 벨에게 넘겨준 자료에서 발견된 원고들을 따로 모아 1976년에 발간한 책이다. 퀜틴 벨은 버지니아 울프의 언니 버네사의 아들이다. 《존재의 순간들》에 담긴 내용은 주로 자신의 삶에 대한 회고다. 언니 버네사와 자신의 남편에 대한 묘한 감정을 자전적으로 진술하고 있다. 버네사는 울프에게 아버지 같은 존재였다. 이런 언니의 삶을 묘사하면서 울프는 허무를 붙잡으려는 집요함을 드러낸다. 울프에게 글쓰기는 허무에 대항하는 삶의 애착이었다는 사실을 짐작하게 해준다.

울프와 루소의 공통점

　말년의 울프는 평화주의자이자 반제국주의자였다. 이런 울프의 신념을 드러내는 말이 그 유명한 "여성으로서 나에게 조국은 없다."라는 발언이다. 《세 닢의 금화》에 등장하는 이 구절은 울프의 정치를 이야기할 때 흔히 인용된다. 울프는 여성을 '아웃사이더'로 규정하면서 여성에게 조국은 세계 전체이지 영국이나 프랑스 같은 나라가 아니라고 말한다. 한 국가의 아웃사이더인 여성은 이렇게 말한다.

　그녀는 말할 것입니다. "우리' 조국은 역사의 대부분을 통틀어 나를 노예 취급해왔다. 나를 교육하기를 거부했고, 어떤 자산도 나눠 갖도록 허용하지 않았다. '우리' 조국은 내가 외국인과 결혼하면 더 이상 '우리' 조국이 아니다. '우리' 조국은 나 자신을 보호할 수단을 부인했다. 나를 보호해야 한다는 명목으로 매년 막대한 금액을 다른 이들에게 지급하도록 강요했으면서도 나를 보호할 능력이 없어서 벽에 공습경보를 붙인다. 당신이 나를 보호하기 위해 또는 '우리' 조국을 수호하기 위해 싸운다고 우긴다면, 이성적으로 냉철하게 이 점을 짚고 넘어가야 한다. 당신은 내가 나눠 가질 수 없는 성적 본능을 만족시키기 위해, 내가 함께 누리지 못했고 아마도 앞으로도 그렇게 못할 혜택을 위해 싸우는 것이지, 나의 본능을 만족시키거나 나 자신 또는 나의 조국을 지키기 위해 싸우는 것이 아니라는 사실이다."[1]

여기에서 '당신'은 전쟁을 일으키고 애국심을 강요하는 남성 권력을 말한다. 이 에세이를 발표한 뒤에 울프는 흡족했지만, 이 때문에 자신에게 가해질 반론을 걱정하기도 했다. 울프의 주장은 지금 읽어봐도 상당히 급진적인 내용이다. 당연히 예상한 반향을 불러일으켰다.

퀴니 도로시 리비스Queenie Dorothy Leavis의 비판이 대표적이다. 리비스는 울프의 주장을 배부른 유한부인의 한담으로 치부해버렸다. 리비스는 울프가 상당히 풍족한 경제적 편의를 누리고 있고 그에 못지않게 호평 일색의 대우를 받고 있다고 진단했다. 그리고 울프의 에세이가 독선적인 감정에 매몰되어 여성에게 호의적인 남성들에게 너무 쉬운 표적을 제공했을 뿐만 아니라, 이제 겨우 남성들에게서 지적 평등을 인정받기 시작한 여성들을 당황하게 했다고 공격했다. 그러나 리비스의 비판은 울프의 주장을 제대로 이해하고 있는 것처럼 보이지 않는다.

울프는 여성에게 주권을 부여하지 않은 국가가 어떻게 여성의

정치철학자 장 자크 루소.

보호자일 수 있는지 묻고 있다. 흥미롭게도 이런 주장을 하는 울프는 사회계약론자의 면모를 보인다. 사회계약론은 국가와 국민의 관계를 계약관계로 이해하는 입장이다.

토머스 홉스, 존 로크, 장 자크 루소는 사회계약론에 근거해서 근대 국가와 주권의 문제를 제기한 대표적 정치철학자들이다. 홉스는 국민의 지지를 받는 참주가 주권을 운용해야 한다고 생각했다면, 로크는 주권을 정치인에게 부분적으로 양도해서 통치를 대리하게 해야 한다고 보았다. 루소는 이 둘에 비해 훨씬 이상론적인 관점에서 주권은 국민의 '일반 의지'에 있다고 주장했다.

《세 닢의 금화》에서 드러난 울프의 입장은 홉스나 로크보다 루소에 가깝다고 할 수 있다. 로크는 인간이 평화롭게 살아가기 위해 필수적인 것이 잘 작동하는 국가이고 그래서 국민이 국가에 주권을 일부 양도해서 질서를 유지해야 한다고 생각했다. 물론 국가의 위정자들이 이런 역할을 제대로 하지 못할 때는 언제든지 국민이 '저항권'을 행사할 수 있다고 생각한 것은 루소와 닮은 꼴이다.

루소는 로크보다 더 근본적으로 국민에게 내재하는 주권을 전제한다는 점에서 훨씬 급진적인 입장을 보여준다. 울프 역시 '여성의 주권'을 당연한 것으로 전제하고 있다는 점에서 루소에 가까운 주장을 펼친다고 말할 수 있다. 루소에게 주권은 양도할 수도 분할할 수도 없는 절대적인 '일반 의지'다. 루소는, '일반 의지'는 국민 전체의 의지이면서 일부의 의지라고 생각했다. 일부의 의지로서 '일반 의지'는 정부 행정기관의 의지로, 국민 전체의 의지를 거스를 경우에 언제든지 기각할 수 있다. 루소의 말을 좀 더 들어보자.

> 어떤 정치가들은 주권을 원리상으로 분할할 수 없기에 이것을 그 대상에 따라 분할한다. 그들은 이것을 힘과 의지로 구분하고, 입법권과 행정권으로 구분하고, 과세권, 사법권, 선전권, 국내 행정권과 대외 교섭권으로 분할한다. 때로는 이 모든 부분을 통합하기도 하고 또 분리하기도 한다. 그들은 주권자를 가공적인 그리고 수합된 부품들로 조립된 존재로 생각한다. 이것은 마치 여러 개의 몸체—어떤 것은 눈을, 다른 것은 팔을, 또 다른 것은 발을 가진 몸체들로 인간을 조립하려는 것과 같으며 그 이상의 아무것도 아니다.[2]

루소의 말에 따르면, 울프의 주장은 남성과 여성으로 나눌 수 없는 주권에 대한 요구라고 할 수 있겠다. 더 정확히 말하면, 주권의 존재로서 인정받지 못하는 여성을 주권자로 인정해달라는 요구다. 이런 울프의 주장이 리비스의 입장에서 보면 '철없는 소리'처럼 들릴 수도 있을 것이다. 그러나 울프는 여성의 조국은 세계 전체라고 분명히 못을 박았다. 여성은 특정한 조국에 속하지 않고 이 세계 전체에 속하는 것이다. 이런 인식을 통해 여성은 보편적 존재로 거듭 태어난다.

여기에서 우리는 사회주의자 울프의 면모를 파악할 수 있다. 분명히 울프는 무정부주의자라고 보기 어렵다. 국가와 개인의 계약관계에 대한 인식을 가지고 있기 때문이다. 이런 계약관계에 따라서 울프는 여성의 사회계약을 환기하고 있다.

민족주의와 양성평등을 넘어서

민족주의자들은 전통적으로 전쟁을 민족을 단련시키는 계기로 받아들였다. 이 과정에서 여성의 정치화가 필수적이라고 생각했다. 전쟁은 총동원 체제를 만들어낸다. 외부의 적과 대결하기 위해 내부 구성원이 일치단결해야 한다. 역설적으로 이 상황은 그동안 국민의 일원으로 취급받지 못한 여성을 국가 앞으로 불러낸다.

민족을 보호하기 위한 전쟁은 여성의 지위를 확인시키고 여성을 속박으로부터 일정하게 해방시키는 역할을 한다고 말할 수 있다. 그러나 이 해방은 민족이라는 테두리 내에서 가능한 것이었고, 그 안에서 '정상 국민'으로 인준을 받는 과정이었다.

울프를 비판한 리비스의 입장은 이런 민족주의적 관점을 보여준다. 울프는 국제주의적 관점에서 민족국가를 뛰어넘는 평화주의자의 입장을 가지고 있었다. 그러나 전쟁이 한창이던 시절에 이런 국제주의적 평화주의는 민족을 배신하는 것처럼 보였을 수 있다. 리비스가 울프의 주장을 '한가한 소리'로 치부하고 비아냥거린 것은 이런 분위기를 반영한 것이리라.

전쟁은 기존의 질서를 뒤흔들어놓는다는 점에서 소외되어 있던 여성의 목소리를 높이는 계기가 되기도 한다. 그럼에도 울프는 전쟁에 반대했다. 전쟁을 애국의 길이라고 선전한 민족주의자들의 목소리에 대항해서 울프가 내세운 반전 평화의 의미는 상당히 중요하다. 울프의 입장은 단순하게 여성의 지위를 남성과 동등하게 만드는 양성평등의 차원에 머무는 것이 아니었다. 울프는 이렇게 말한다.

나는 여러분에게 여러분의 책임을 환기하라고 간청해야 할 것입니다. 더욱 고귀하고 더욱 정신적인 존재가 되어야 한다는 책임 말입니다. 얼마나 많은 것이 여러분에게 달려 있는지, 여러분이 다가올 미래에 어떤 영향을 미칠 수 있는지 환기시키는 것이 좋겠습니다. 그러나 이런 권고는 다른 성의 몫으로 안전하게 남겨두는 게 좋겠다고 생각합니다. 그들은 내가 할 수 있는 것보다 훨씬 더 유창하게 웅변할 것이고 실제로 그렇게 해왔습니다. 내 마음을 샅샅이 살펴봐도, 나는 남성에게 동료도 아니고 남성과 대등한 사람이 되고자 하는 고귀한 감정을 어디에도 품고 있지 않습니다. 더 높은 결과를 얻고자 세상에 영향을 미칠 생각은 추호도 없습니다. 나는 그냥 다른 무엇이 아닌 자기 자신이 되는 것이야말로 훨씬 중요한 일이라고 간단하게 그리고 평범하게 웅얼거릴 뿐입니다.[3]

울프는 여기에서 '자기 자신'이 되는 것이 중요하다고 말한다. 여성이 무엇을 해야 하는가 같은 거창한 결론은 '다른 성', 다시 말해서 남성들에게 맡겨두겠다고 한다. 여성은 '자기 자신', 말하자면 여성 자신이 되어야 한다. 울프가 생각하는 여성의 정치가 바로 '여성-되기'다. 남성과 대등한 존재가 되려고 하기보다 여성 자신이 되고자 하는 것이 중요하다고 주장하는 것이다.

이런 울프의 생각은 2세대 페미니즘 운동이 일어난 1960년대 이전까지 전혀 이해받지 못했다. 2세대 페미니즘은 참정권을 비롯한 제도적인 여성의 평등을 주장한 1세대 페미니즘과 달리, 여성의 섹슈얼리티Sexuality, 가족, 재생산, 실질적인 불평등 문제에 관심을 돌렸다. 이 같은 2세대 페미니즘의 쟁점이야말로 울프가 일찍이 제기했던 양성평등의 차원을 넘어서는 '여성-되기'의 문제다.

남성을 통해 만들어진 여성

앞서 언급하기도 했지만, 1960년 이후 본격적으로 재조명되기 이전까지 울프는 줄곧 비정치적인 작가로 낙인 찍혀 있었다. 대개 이런 낙인은 울프의 '계급 성분'에 대한 오해에서 기인했다. 울프가 활동하던 시기에 좌파 이론은 대체로 출신 계급에 따라 계급의식을 규정하는 조야한 수준을 벗어나지 못했다. 계급의식이 출신 계급과 무관하다는 생각은 1960년대에 와서 비로소 지지를 받게 되었다.

이런 관점에서 울프에게 가해진 비판을 살펴보면, 비판자들이 그의 생각을 지나치게 단순화해서 이해했다는 사실을 부정하기 어렵다. 남성 지식인이나 비평가는 그렇다고 해도, 같은 여성인 리비스가 울프의 계급성을 거론하면서, 열심히 노력해서 이제 막 남성들에게 인정받기 시작한 여성들에게 해를 끼친다는 식으로 비판한 것은 지금 생각해보면 다소 어처구니없다. 문단의 남성 중심주의와 의식적으로 대결한 울프의 입장에서 이런 여성 비평가의 비판은 상당히 난감한 문제였을 것이다. 아니나 다를까, 울프는 "여성은 여성에게 가혹하다."라고 말하면서 자신의 결론이 여성들을 불편하게 만든다는 사실을 인정했다.

여성이야말로 여성의 적이라는 아이러니는 울프가 계속해서 여성에게 각인된 통념의 문제를 이야기하는 이유이기도 하다. 말하자면 울프는 여성은 여성다워야 한다는 생각 자체가 남성 중

심주의의 이데올로기라는 사실을 이미 깨닫고 있었다. 지금 생각해도 울프는 참으로 선구적인 관점을 취하고 있었다. 울프는 이데올로기의 문제를 깊이 파고들어서 어떻게 하면 여성이 남성주의의 이데올로기에서 벗어날 수 있을지 고민했다고 하겠다.

울프의 사상은 여러 맥락에서 알제리 출신의 탈식민주의 사상가 프란츠 파농Frantz Fanon과 닮았다.《검은 피부, 하얀 가면Peau Noire, Masques Blancs》이라는 책에서 파농은 백인을 적대하지만 사실상 백인을 동경하면서 백인에게 대등한 대우를 받고 싶어 하는 흑인의 심리를 분석한다. 파농의 핵심은 '백인을 거부하자'는 발언이 사실은 '백인에 대한 복수'를 의미한다는 것이다. 따라서 파농의 논리에 따르면, '백인이 될 수 없는 주체'는 결코 '백인-되기'를 거부할 수 없다. "흑인의 영혼은 백인의 발명품"이라는 파농의 진술은 '백인이 될 수 없는 존재'의 무의식을 암시한다.

파농의 말은 흑인의 무의식이 백인을 통해 만들어졌다는 의미로 읽힌다. 흑인은 백인을 통해 비로소 흑인이 되었다는 이런 주장은, 울프가 여성은 남성을 통해 여성이 되었다고 말하는 맥락과 같다. 그래서 결코 흑인은 백인이 될 수 없는 것처럼 여성은 남성이 될 수 없는 것이다.

남성이 될 수 없는 주체는 무엇을 원하는가

파농은 "흑인은 무엇을 원하는가?"라는 질문을 제기하면서 그 답을 모색한다. 이 질문은 울프처럼 분명히 정신분석학의 명제를 염두에 둔 것이다. 정신분석학의 질문은 "여성은 무엇을 원하는가?"라고 할 수 있는데, 이 질문에서 빠진 것은 인종이다. 여성도 백인과 흑인이라는 인종에 따라 다를 수밖에 없다. 파농은 정신분석에서 자명하게 전제되는 '인간'에 인종이라는 차이를 삽입한다. 인종은 정신분석으로 외삽되는 것이 아니라 그 논리 자체에 내재하는 것이다.

이렇게 인종 문제를 정신분석학과 결합해서 앞의 질문을 수정하면 과연 흑인, 다시 말해 "백인이 될 수 없는 주체(흑인)는 무엇을 원하는가?"라는 질문이 될 것이다. 울프에게 이 질문은 "남성이 될 수 없는 주체(여성)는 무엇을 원하는가?"라는 질문일 테다. 파농에 따르면 이를 파악할 수 있는 두 가지 사실이 있다. 첫 번째는 "백인은 자신들을 흑인보다 더 우월하다고 생각한다."는 것이고, 둘째는 "흑인은 자신들 또한 풍부하게 생각할 수 있고 지력에서도 동등한 가치를 지니고 있다는 것을 온갖 수단을 동원해서 백인에게 증명하고자 한다."는 것이다.[4]

이런 맥락에서 흑인에게 보편적인 의미로서 '인간'이라는 개념은 아무런 의미를 갖지 않는다. 백인 노예가 동등한 '인간'으로 대접받기를 원한다면, 흑인은 '백인'으로 거듭나기를 원하기 때문이다. 당연한 말이지만 후자는 불가능한 바람이다. 파농의 입장에서 이렇게 백인이 되고 싶어 하는 흑인 못지않게 역겨운 존재는 백인에 대한 혐오를 유포하는 흑인이다. 파농에게 두 종류의 흑인은 사실상 하나의 판타지를 공유하고 있다. 마치 한국의 반미주의가 실제로 친미주의와 뫼비우스의 띠처럼 연결되어 있는 것처럼, 백인에 대한 동경과 혐오는 동일한 판타지의 양면이다.

판타지라는 것은 무엇인가? '상실된 것을 언제든 복원할 수 있다고 믿기 때문에 무엇인가 상실되었다는 근본 사실을 인정하지 않는 것'이다. 우리가 언제든 복원할 수 있다고 믿는 '상실된 그것'이야말로 존재하지 않으면서도 존재하는 대상이다.

좀 복잡하지만, 이 문제를 파고들어 보자. '백인'을 혐오하는 흑인은 '백인' 자체를 거부한다기보다 그 '백인'을 결여하고 있는 자신의 증상을 즐기는 것에 가깝다. '나'는 증상에서 끊임없이 쾌락을 얻고자 한다. 증상이 쾌락을 주지 못할 때 비로소 '나'는 우울증에 빠지면서 위기를 경험한다. 흑인은 '백인'을 처음부터 아예 없는 것처럼 대하는 것이 아니라 그 백인이라는 다른 사람을 통해 만들어진 것이다. 백인이 없다면 흑인도 존재하지 않는다고 볼 수 있다.

파농의 '흑인'이 울프에게 오면 '여성'이 된다. 백인의 사회가 배제한 것이 흑인이라면, 남성의 사회가 배제한 것은 여성이다. 말년의 울프는 이런 여성 배제에 대해 적극적으로 발언하고자 했다. 그러나 두 가지 문제가 그를 괴롭혔다. 정당한 여성의 분노에 조롱과 비난을 퍼붓는 사회 분위기와 소설이라는 예술 장르를 완성시키고자 한 종교적 예술관이 그를 가로막았다.[5]

과연 울프는 장애물을 넘어선 것일까? 《자기만의 방》이나 《세 닢의 금화》에 등장하는 울프의 목소리는 선전선동과 예술을 구분하던 평소의 지론을 배반하는 것처럼 보인다. 특히 《세 닢의 금화》에서 주장하고 있는 내용은 지금 읽어보아도 급진적인 입장을 견지하고 있다는 점에서 괄목할 만하다. 《세 닢의 금화》의 울프는 《등대로》를 쓸 당시의 울프와 너무도 다르다. 정치적인 주제를 다루고자 한 《세월》을 쓰면서 울프는 자신의 예술관과 충돌하며 적잖은 어려움을 겪었다. 그러나 《세 닢의 금화》에 오면 이런 갈등은 깨끗이 해소된 것처럼 보인다. 말년의 울프는 훨씬 원숙하고 자신감 있게 자신의 내면에 가득한 분노의 언어를 내뱉고 있다.

이런 변화는 무엇을 말해주는 것일까? 이는 남성 비평가가 부여하는 '여류 소설가'의 자리에 머무는 것이 아니라 독자적인 사상가로서 자신만의 철학을 정립했기 때문에 가능한 변화다. 이 사상가는 울프 자신의 '여성-되기'를 성취한 결과라고 하겠다. 마침내 이 여성은 자신의 조국을 잃었지만 전 세계를 얻었다.

THE
VOYAGE
OUT

VIRGINIA
WOOLF

《출항》,
제국에 반대하다

마지막으로 함께 읽을 책은 《출항》이다. 이 작품은 울프가 처음 출간한 소설이며, 제국에 반대하는 작가로서 울프의 면모를 투명하게 보여주는 문제작이다. 울프의 소설은 형식적 측면에서 많은 조명을 받았지만, 사상은 소홀하게 취급당한 측면이 있다. 이 소설을 읽어보면 초창기부터 울프는 정치적인 목적을 가지고 글을 썼다는 사실을 알 수 있다. 소설에 대한 울프의 태도도 이런 목적과 무관하지 않다. 울프는 서구 문학의 전통이 제국과 밀접하게 연결되어 있음을 명확하게 이해했고, 그 전통에 도전하는 소설이 바로 울프의 '모던 픽션'이었다. 소수자로서 여성 문제를 제기하고 영국의 제국 경영을 비판하는 울프의 목소리에서 우리는 누구보다 급진적인 작가 울프를 만날 수 있다.

반제국주의자 울프

　버지니아 울프가 가진 정치성의 절정은 제국주의를 반대하는 지식인의 면모에서 확인할 수 있다. 최근 울프 문학에 관한 연구들이 이런 울프의 정치성에 집중한다. 울프의 문학을 탈정치적인 모더니즘으로 취급하던 경향에서 차츰 빅토리아 지식인 울프의 독자성을 강조하고 있다. 그동안 소홀하게 취급해온 울프의 면모를 들여다보면 그의 대표작을 다시 정해야 할지도 모르겠다.

　울프의 반제국주의 사상은 혼자만의 것이 아니었다. 남편 레너드 울프는 그의 든든한 후원자이자 동지였다. 레너드는 출판 편집자이자 저널리스트 그리고 사회주의 활동가로서 버지니아의 작품 세계와 밀접하게 관련된다.

　유대인인 레너드는 젊은 시절 영국의 식민지 실론섬에서 관리로 근무했는데, 그 경험으로 인해 제국에 대한 비판적인 시각을 가지게 되었다. 이런 레너드의 전력은 지금은 미얀마로 불리는 버마에서 경찰로 근무했던 조지 오웰을 연상시킨다.

버지니아 울프와 레너드 울프.

　버지니아 울프의 반제국주의 사상은 초창기부터 모습을 드러
내는데, 1915년에 출간한 첫 소설《출항》부터 이미 영국 제국주
의와 식민지 문제에 대한 묘사가 등장한다. 울프는 이 소설을 일
곱 번이나 고쳐 썼다고 밝힐 정도로 힘겹게 완성했다. 첫 소설이
니 그렇게 간난신고를 거쳤으리라 생각할 수도 있다. 하지만 당
시 그에게 닥친 신경쇠약을 비롯한 마음의 병을 감안하면 왜 그
렇게 오래 걸려서 이 소설이 세상에 나왔는지 충분히 짐작할 수
있을 것이다. 울프의 병증은 앞서 다루었으므로, 여기에서는《출
항》의 내용을 살펴보면서 어떻게 그의 반제국주의 사상이 초기

부터 자리 잡았는지 살펴보겠다.

이 소설은 여러모로 조지프 콘래드의《암흑의 핵심Heart of Darkness》을 연상시키는 여행 소설이다. 다만 아프리카에서 벌어지는 이야기를 담은 콘래드의 소설과 달리《출항》의 배경은 남미다. 주인공은 버지니아의 분신이라고 할 여성으로, 이름은 레이첼 빈레이스다. 흥미롭게도 이 주인공은 소설에서 결혼을 앞두고 사망에 이른다. 그러니까《출항》은 주인공이 죽는, 달리 말하면 작가의 분신이 죽는 것으로 끝나는 소설인 셈이다.

이런 특징을 두고 몇몇 연구들은 소설과 울프의 개인사를 엮어서 실제 결혼을 앞둔 작가의 불안 심리를 반영한다고 분석하지만, 이 주장에 의구심을 가지지 않을 수 없다. 이런 분석이야말로 울프의 작품 세계를 비정치적인 미학주의로 한정 짓고 '여류작가'라는 범주에 묶어둠으로써 그의 정치성을 외면하는 것처럼 보이기 때문이다.

울프가 일기나 에세이에서 수차례 밝혔듯이, 소설은 분명 개인사에 근거하지만 그렇다고 개인사를 고스란히 옮겨놓은 것이 아니다. 앞에서 이야기했듯이, 울프의 작품 세계는 '일기-소설-에세이'로 이어지는 '삼위일체'를 통해 제대로 모습을 드러낸다. 그는 제인 오스틴이나 조지 엘리엇 같은 '작가'에 머무르지 않고 글을 통해 사회 변화를 도모한 실천적 지식인이었다.

흥미롭게도 버지니아의 첫 소설이 세상에 나온 지 5년 뒤인 1920년에 레너드 울프는 제국주의 연구의 기념비적 저작으로 평가받는《아프리카의 제국과 상업Empire and Commerce in Africa》을 출간한다. 레너드의 집필을 버지니아가 몰랐을 리 없고, 초고를 함께 읽었을 것이다. 언뜻 레너드가 버지니아의 사상에 영향을 끼쳤을 거라고 생각할 수 있지만, 최근 연구는 버지니아가 남편의 글을 단순히 읽는 수준에 그친 것이 아니라 공동 집필에 가까울 정도로 간여했다는 사실을 밝혀내고 있다.

말하자면 버지니아의 《출항》은 레너드의 저작에서 드러나는 반제국주의 사상과 불가분의 관계를 이루고 있다. 소설 서두에 그려지는 암울한 런던의 모습은 화려한 제국의 어둠을 적나라하게 폭로하는 것이다. 등장인물 중 한 명인 헬렌 앰브로즈는 런던을 일컬어, 태어나서 30년을 살아왔지만 결코 사랑할 수 없는 도시라고 말한다. 템스강이 가로지르는 이 도시에서 튀는 행동은 절대 금물이고, 오직 시키는 대로 고분고분 살아야 한다는 것이다. 좀 산다는 사람들은 이렇게 숨 막히는 관습의 코르셋에 갇혀 괴롭고, 못사는 사람들은 가난에 찌들어 고통을 받는다.

이 장면은 윌리엄 블레이크의 시 〈런던〉을 떠올리게 만든다. 이 시에서 블레이크는 런던을 법이 허가한 것만 가능한 지옥으로 그린다. 거리와 강조차 법의 허가를 받아야만 존립할 수 있다. 앰브로즈의 진술도 블레이크의 관점을 크게 벗어나지 않는 것처럼 보인다. 주인공 레이첼은 유프라지니호를 타고 템스강을 떠나 먼바다로 나아갈 때, 점점 멀어지는 런던의 모습을 지켜보면서 "영국인들이 갇혀 있는 섬"이라고 진술한다.[1] 이 섬에 사는, 이른바 '영국인들'은 듣지도 말하지도 못하는 사람들로 그려진다.

제국은 이타적 논리를 펼친다

런던을 떠나 남미 대륙으로 향하지만, 유프라지니호는 결국 영국 사회의 축소판이다. 레이첼의 아버지이자 선장 윌러비는 자신의 제국을 건설한 사업가다. 함께 탄 페퍼는 인도에서 식민지 관리직을 수행하면서 젊은 시절을 보낸 인물이다. 다분히 버지니아의 남편 레너드의 과거를 빌려온 것 같은 인물인데, 페퍼는 인종차별과 여성 비하를 가감 없이 드러내는 '평범한 영국인'이다.

이들은 남미의 아마존을 탐사하면서 원주민들을 관찰하는 등 다양한 에피소드를 만들어낸다. 다양한 이야기를 관통하는 주제는 사회진화론을 통해 원주민들을 자연계의 바닥에 놓고 영국인들이 이런 '미개한 존재'에 예의를 차려야 한다는 영국식 신사도, 다시 말해서 제국이라는 문명 자체에 대한 비판이다. 주인공 레이첼의 죽음은 이 사실을 웅변해주는 비극이다. 레이첼은 자신을 둘러싼 남성들의 세계에 진절머리를 느끼면서 죽음으로 나아간다.

이 소설에서 특기할 점은 원주민을 교육해서 문명인으로 만들기 위해 예의 바르게 대해야 한다는 견해를 울프가 반박하고 있다는 사실이다. 울프는 그럴듯하게 들리는 이 말이야말로 제국의 논리를 뒷받침하는 허구라고 생각했다.

"피부색은 서로 달라도 그 아래 숨어 있는 인간의 본질은 같다."라는 주장을 펼치는 백스 목사는 보편적 인류애를 가진 인도주의자처럼 보인다. 그러나 울프는 이런 '백인 남성'의 논리야말로 현실의 위계를 감추는 기만이라는 사실을 간파한다. 백스 목사는 영국의 식민지 경영을 성공적이라고 평가하면서 그 이유로 원주민에게조차 예의 바르게 대하는 영국인의 규율을 꼽는데, 울프가 보기에 이런 생각은 전형적인 제국의 논리, 다시 말해서 '백인의 임무'를 보여주는 사례다.

울프의 태도는 '백인의 임무'를 고귀한 신의 명령으로 노래한 조지프 러디어드 키플링Joseph Rudyard Kipling의 시에 반하는 것이다. 1899년 키플링은 시 〈백인의 임무: 미국과 필리핀군도The White Man's Burden: The United States and the Philippine Islands〉를 발표한다.

백인의 짐을 짊어져라

최고의 자녀들을 보내라

너의 아들들을 떠나보내라

무거운 굴레를 차고 기다리고 있는

사로잡힌 이들의 필요를 돕도록

퍼덕이는 족속과 야생

새로이 붙잡힌 음침한 사람들

반은 악마고 반은 어린애

백인의 짐을 짊어져라

참을성 있게 엄폐하고

공포의 위협을 감춰라

그래서 오만한 모습을 경계하라

개방적이고 단순한

수백 번 쉽게 고친 말투로

타인의 이익을 추구하라

타인에게 성취를 맛보게 하라

백인의 짐을 짊어져라

평화를 위한 야만적 전쟁

기아의 입을 채워라

질병을 멈추게 하라

그대의 목표가 가장 가까울 때

타인이 찾는 목표가 되게 하라

게으름과 이교도의 아둔함이

그대의 희망을 무로 돌리지 않게 조심하라……**2**

이 시에서 알 수 있듯이, 제국은 결코 악마의 모습을 하고 있지 않다. 키플링이 조언하듯이, 제국의 집행자들은 오만하지 않고 아둔함에 맞서 명쾌한 논리를 펼치는 이타적 존재다. 키플링의 시는 필리핀을 식민지로 삼은 미국인에게 주는 형식을 취하고 있다. 이 시의 부제가 '미국과 필리핀군도'인 까닭이다. 선배가 후배에게 한 수 가르쳐주겠다는 뉘앙스를 풍긴다. 키플링의 논리야말로 울프가 백스 목사의 입을 빌려 그려내고 있는 '선한 영국인의 규율'을 판박이처럼 옮겨놓은 것이다.

여기에서 짚고 넘어가야 할 사항이 있다. 제국에 관한 버지니아의 입장은 남편 레너드의 생각과 일맥상통한다는 점이다. 재미있게도 레너드 역시 버지니아에 미치지는 못하지만, 자신의 식민지 관리 생활을 토대로 몇 편의 소설을 썼다. 그중 한편이 〈진주와 돼지Pearls and Swine〉라는 단편소설이다.

이 소설은 진주 채취장에서 현장 감독을 하던 두 백인이 서서히 미쳐서 죽는 내용이다. 등장인물 중 한 명인 주식 중개인은 식민지에서 원주민들을 교육하고, 학교나 병원, 도로, 철도도 만들어주고, 역병이나 열병, 기근도 몰아내야 하는데, 이렇게 '백인의 임무'를 다해야 하는 까닭은 영국인들이야말로 승자임을 원주민들이 깨닫게 하기 위해서라고 말한다. "나는 백인이고 너는 흑인"이기에 나야말로 너의 정의이자 법이라는 사실을 일깨워주어야 한다는 것이다.[3] 이런 주식 중개인의 모습은 《출항》에 등장하는 백스 목사와 상당히 닮았다.

레너드의 주식 중개인이나 버지니아의 목사는 사실상 당대의 영국 사회를 대표하는 전형들이었다. 이 같은 주류에 끊임없이 비판적인 견해를 제출한 이들이 바로 울프 부부라고 할 수 있다. 이들이 제국주의에 대해 막연한 온정주의를 넘어서서 냉혹한 유물론적인 관점을 견지하는 점은 특기할 만하다. 울프 부부에게 제국주의는 다른 무엇도 아닌 자본주의의 문제였다. 레너드의 책은 이런 관점에서 제국주의의 근본 문제를 비판한다.

보통 이런 경우 아내는 남편이 집필하는 동안 비서 역할을 하면서 저술의 완성을 돕곤 한다. 하지만 울프 부부는 달랐다. 둘의 관계에서 버지니아는 결코 수동적인 태도를 보이지 않았다. 최근에 발견된 800여 쪽에 달하는 노트에는 버지니아가 남편의 저작을 단순히 읽고 논평만 한 것이 아니라 처음부터 집필에 지대한 영향을 끼쳤다는 사실이 담겨 있다.[4] 이런 사실을 놓고 볼 때, 울프 부부는 생각보다 훨씬 지적으로 결속된 동지적 관계를 형성하고 있었음을 부정하기 어렵다.

사실 레너드는 버지니아가 자신의 청혼을 거절할까 봐 노심초사했고, 버지니아는 이런 레너드의 청혼을 받아들인 자신을 뿌듯하게 여겼다. 둘의 관계는 당시의 일반적인 부부 사이와 달라도 한참 달랐다.

왜 백인의 선의는 비참함을 낳는가

울프 부부의 제국 비판은 '나쁜 영국인들'을 부각시키는 방식이 아니라, 왜 '백인의 임무'라는 '선의'가 비참한 식민지 현실을 낳게 되는지에 대해 초점을 맞춘다. 지금 읽어봐도 이들의 주장은 충분한 설득력을 가지고 있다. 레너드는 다음과 같이 썼다.

이유가 무엇이든, 세계사에서 오늘날 우리의 경우처럼 온 인간 사회가 보편적인 경제적 열정에 사로잡혔던 적은 없다. 싸게 사서 비싸게 팔겠다는 열정 말이다. 싸게 사서 비싸게 팔고 싶은 상품은 사람마다 다를 것이다. 우리 중 어떤 이들은 통밀과 목화를 그렇게 하고 싶을 것이고, 다른 이들은 노동력을, 또 다른 이들은 지식이나 상상력의 생산품을 그렇게 하고 싶을 것이다. 이렇게 모두 다른 거래에서 ⋯⋯ 우리는 무의식적으로 가장 값싼 시장에서 사서 가장 비싼 시장에서 팔아서 수익을 창출해야 한다는, 동일한 원리, 이상 그리고 심지어 의무를 수용한다. 이런 원리를 유럽인과 아프리카인의 관계에 적용하는 것이야말로 의심할 나위 없이 아프리카 문제의 근본적인 이유다. 유럽은 아프리카인과 그들의 땅을 무엇인가 수익을 창출하는 곳, 가장 싸게 사서 가장 비싸게 팔 수 있는 곳으로 취급한다.[5]

제국주의의 원인을 자본주의 경제 원리에서 찾고 있다는 점에서 레너드의 관점은 낯설지 않다. 실제로 제국주의를 자본주의 최후 단계로 규정한 마르크스주의자는 러시아혁명을 이끈 블라디미르 레닌Vladimir Lenin이었다. 레닌은 제국주의를 금융자본주의와 연결하는데, 원시적 축적을 거쳐 규모가 커진 자본이 금융자본화하면서 수익을 창출하려고 저개발 국가로 이동하는 것을 제국주의의 조건으로 분석했다. 레너드가 언급하는 것처럼, 레닌 역시 자본의 운동에 내재한 수익 창출의 원리를 제국주의의 원인으로 지목한다.

물론 레너드가 직접 레닌을 접하고 그와 비슷한 생각을 했다고 보기는 어렵다. 다만 제국주의에 대한 두 사람의 주장을 이어주는 접점은 존 홉슨John A. Hobson이라고 봐야 할 것이다. 레닌과 레너드의 제국주의론은 공통적으로 제국주의에 대한 홉슨의 저작 《제국주의: 하나의 연구Imperialism: A Study》에 근거하고 있기 때문이다. 홉슨은 《가디언》의 특파원으로 보어전쟁에 파견되었다가 금과 다이아몬드 광업이 어떻게 식민지 정책을 결정하는지 목격하고 이 책을 썼다. 홉슨은 이런 관점에서 국내의 자원을 유출하는 수단으로 제국주의를 이해했다. 홉슨은 이렇게 말한다.

> 공적 자금, 시간, 관심 그리고 에너지를 영토 확장이라는 고비용에 수익을 만들어내지도 못하는 일에 쏟아붓는 것은 위정자들에게나 내부 개혁의 필요성을 느끼고 물적이자 지적인 진보의 기술을 세련화할 것을 요구하는 민족에게나 모두 공적 삶의 낭비다.[6]

홉슨의 주장은 왜 레너드를 비롯한 당대의 영국 지식인들이 제국주의를 비판했는지 잘 보여준다. 민족국가의 입장에서 본다면, 제국주의는 국부 유출이고 영토 확장에 광분한 위정자들의 쓸데없는 낭비 행위일 뿐이다. 수익 창출을 목적으로 하지만 사실상 고비용에 수익은 나지 않을 것이라는 관점이 지배하고 있다. 말하자면 홉슨이나 레너드의 제국주의 반대는 이념적인 것이라기보다 다분히 경제주의적인 발상에 기초하고 있는 셈이다.

그러나 이에 대해 "여성에게 조국은 없다."라는 주장을 펼친 버지니아 울프는 단순한 경제주의적 발상을 넘어서서 발언했다. 울프는 홉슨과 레너드의 제국주의론을 젠더 정치의 문제까지 밀고 갔다. 울프는 민족이라는 것이 얼마나 허약한 토대 위에 구성된 것인지를 에세이 〈웸블리의 천둥〉에서 잘 보여주었다. 마찬가지로 《세 닢의 금화》에서 버지니아는 어떻게 젠더 정치가 반제국주의의 문제와 연결될 수 있는지 명쾌하게 밝혔다. 버지니아의 제국주의 비판은 자본주의 비판인 동시에 민족국가 비판이었다.

지금까지 살펴본 것처럼, 여성해방의 문제를 경제적 조건과 연결하는 버지니아의 발상은 우연한 것이 아니었다. 비소설적인 글쓰기에서 나타나는 울프의 경제주의는 다분히 레너드와 함께 만들어낸 것이라고 볼 수 있다. 버지니아의 《출항》이 그랬듯이, 레너드도 콘래드의 《암흑의 핵심》을 염두에 둔 것 같은 고찰을 계속 보여준다. 예를 들어, 벨기에의 콩고 통치를 분석하는 대목이 그렇다. 벨기에의 레오폴드 왕은 무자비한 식민주의 정책을 펼친 것으로 악명을 날렸는데, 이 사실을 영국 의회에 고발한 저널리스트들이 바로 에드먼드 모렐과 로저 케이스먼트였다. 둘은 뒷날 콩고 문제를 해결하기 위한 콩고개혁협회를 설립했고, 이 협회에 콘래드, 코난 도일, 아나톨 프랑스, 마크 트웨인 같은 작가들이 참여했다. 콘래드의 소설은 이런 배경에서 탄생하게 된 것이다. 레너드도 이들의 보고서에 대해 잘 알고 있었지만, 《제국과 상업》 서문에서 그는 "믿을 수 없을 정도로 끔찍한 잔인성"에 초점을 맞추기보다, 벨기에 통치 기간에 벌어진 사태에 대한 경험적이고 사실적인 기록들에 의지해서 논의를 펼치겠다고 말한다.[7]

철저하게 사실에 기초해서 상대방의 논리를 반박하고 대안을 모색하는 태도는 버지니아와 레너드 모두에게서 발견할 수 있는 미덕이다. 울프는 여기에 더해 글쓰기를 정치의 문제로 파악하고 새로운 주체화의 수단으로 생각했다는 점에서 당대의 지식인보다 앞서 다가올 시대를 예견했다. 지금 여기에서 버지니아 울프를 읽어야 하는 이유가 바로 이것이다.

울프는 한때의 '여류 작가'가 아니라 당대의 현실과 자신의 처지를 치열하게 고민한 지식인이자 사상가였다. 어떤 문제도 허투루 넘기지 않는 그의 태도는 자신의 계급적 한계와 사회적인 처지를 극복하고 보편적인 문제에 대한 날카로운 사고의 전범을 창조해냈다. 21세기 독자에게 그는 여전히 탐구해야 할 문제로 남아 있는 것이다.

내 이야기를 쓰기 위해 살다

근대의 도래를 누구보다 예민하게 감지한 작가. 무엇이 새로운 것이고 무엇이 낡은 것인지 날카롭게 갈라친 비평가. 존재의 의미를 끊임없이 묻고 시대의 질문에 사력을 다해 답한 사상가. 글쓰기 이외에 삶의 다른 가치를 찾아내지 못한 생활인. 응접실에 인쇄기를 설치하고 자기가 보고 싶은 책을 찍어낸 독립 출판인.

이처럼 버지니아 울프는 어느 하나로 설명할 수 없는 다양한 면모를 지녔다. 그를 소설가로 국한해버리는 것은, 그래서 너무 협소한 평가일 수밖에 없다. 그에게 소설은 여러 쓰기 중 하나였을 뿐이기 때문이다. "안녕, 친애하는 나의 유령"이라는 인사말로 시작하는 일기는 울프에게 글쓰기의 의미가 무엇이었는지 일러주는 중요한 증거다. 그는 미래에 자신의 일기를 읽어줄 독자를 '유령'이라고 칭했다. 마치 카를 마르크스가 다가올 공산주의의 이념을 '유령'이라고 부른 것처럼 말이다. 그는 아직 오지 않은 유령을 호명하면서 매일매일 글을 썼다. 그는 쓰기 위해 살았고, 쓰기를 통해 살았다.

레너드 울프와 결혼하기 전 그의 이름은 아델린 버지니아 스티븐이었다. 그의 아버지 레슬리 스티븐 경은 당대에 꽤 알려진 역사가이자 편집자였다. 이런 아버지의 존재는 긍정적이든 부정적이든 울프의 성장에 큰 영향을 끼쳤다.

여성으로 태어났다는 이유로 대학 교육의 기회를 박탈당했지만, 어릴 때부터 울프는 아버지의 서재에 몰래 숨어들어 책을 읽으면서 지식의 세계를 탐닉했다. 당시에 여성이, 그것도 어린 여자아이가 책을 읽는다는 것은 평범한 일이 아니었다. '책 읽는 여성'은 영국의 상류 사회에서 환영받지 못하는 존재였다.

그럼에도 울프는 자연스럽게 책을 읽을 수 있는 좋은 환경에서 어린 시절을 보냈다. 문단의 명사였던 스티븐 경은 윌리엄 새커리를 비롯한 당대의 작가들과 교류했고, 덕분에 어린 울프도 다양한 작가와 자연스럽게 어울릴 기회를 가질 수 있었다. 물론 울프는 아버지의 친구들을 좋아하지 않았다. 울프는 작가랍시고 거들먹거리는 '꼰대들'을 비웃었다.

울프의 어머니 줄리아 스티븐 역시 아버지 레슬리 스티븐 경 못지않게 울프에게 깊은 영향을 끼쳤다. 울프의 부모는 재혼해서 울프를 낳았는데, 줄리아 스티븐은 전남편과의 사이에서 조지와 스텔라, 제럴드 등 세 명의 자녀를 두었다. 당시 런던 사교계에서 유명했던 울프의 어머니는 라파엘전파Raphael前派의 일원인 화가 에드워드 콜리 번 존스의 모델이기도 했다. 당대 최고 화가의 모델이었다는 것은 그만큼 사교계에서 정평이 난 인물이었다는 뜻이다.

울프의 외가도 대단했다. 어머니 줄리아 스티븐의 숙모는 초기 사진 기술의 개척자인 줄리아 마거릿 캐머런이다. 울프의 부모는 빅토리아시대의 문화를 형성했던 작가들과 그를 이어주는 매개자 역할을 했다. 울프가 뒷날 블룸즈버리그룹에 허물없이 참가해서 다양한 작가와 교류한 것도 어린 시절에 받은 영향 때문이었을 것이다. 어쩌면 울프의 생애를 결정한 상상력은 이미 어린 시절에 만들어진 것인지도 모른다.

실제로 울프의 작품 세계를 구성하는 많은 장면이 어린 시절의 추억에 기원을 두고 있다. 그에게 소설가의 명성을 안겨준 《댈러웨이 부인》에 의미심장한 진술이 나오는데, 주인공이 어머니의 무덤 앞에서 자기 자신을 인정받으려는 퍼포먼스를 펼치는 장면이다. 어머니는 울프가 열세 살 때 갑작스럽게 세상을 떠났다. 뒤이어 언니인 스텔라까지 세상을 뜨자 울프는 신경쇠약 증세를 보였다. 이때 발병한 마음의 병은 생애 내내 그를 고통으로 밀어 넣었다. 소설의 주인공 댈러웨이 부인은 울프 자신이기도 했다. 이처럼 울프에게 글쓰기란 자신의 이야기를 하는 것이기도 했다.

잘 알려진 '의식의 흐름' 기법은 울프 자신의 마음을 탐구하기 위한 치유 장치이기도 했다. 이 기법은 지그문트 프로이트의 정신분석학을 떠올리게 하지만, 울프는 프로이트의 이론을 공부하지 않았다고 극구 부인했다. 그러나 울프는 제2차 세계대전이 발발할 무렵 런던으로 피신한 프로이트를 실제로 만났고, 남편과 함께 설립한 호가스 출판사에서 프로이트 표준판 전집을 펴냈다.

1939년 1월 28일 런던의 메어스필드 가든 20번지에서 프로이트를 만난 울프는 "제1차 세계대전에서 영국이 승리하지 않았다면 히틀러는 출현하지 않았을 것"이라면서 프로이트에게 "죄송스럽다."라고 말한다. 그러자 프로이트는 "만일 영국이 제1차 세계대전에서 승리하지 않았다면 더 끔찍했을 것"이라고 대답한다. 이 짧은 대화는 울프에게 깊은 인상을 남겼고, 이후에 프로이트의 저작들을 읽는 계기가 되었다.

울프는 왜 프로이트의 정신분석학과 자신의 글쓰기를 애써 분리하려고 했을까? 그 이유는 당시에 모더니즘이라는 문화 운동과 정신분석학은 거의 동시에 근대성과 인간 심리의 관계에 주목하면서 독자적인 흐름을 형성했기 때문이다. 모더니즘은 현실 재현의 문제를 근본적으로 다시 생각하는 혁신적 미학에 바탕을 두었다.

울프는 모더니즘 운동의 중심에서 그 이념을 가장 날카롭게

벼리는 사상가이기도 했다. 물론 모더니즘에 대한 정의는 참으로 다양하기에 그것을 한마디로 규정하기는 어렵다. 다만 여기에서 주목해야 할 것은 모더니즘이라는 새로운 용어를 통해 울프와 그의 친구들이 도모하고자 했던 대의다.

젊은 울프는 당시 런던의 외곽인 블룸즈버리에서 친척들과 같이 살았고, 오빠인 토비 스티븐이 시작한 케임브리지 대학 동문을 중심으로 한 목요 모임에 자연스럽게 어울렸다. 이 모임이 바로 유명한 블룸즈버리그룹의 기원인 셈이다. 울프는 여기에서 남편인 레너드를 만났고, 동인들의 도움으로 여러 매체에 글을 발표하게 되었다. 회원은 예술비평가 클라이브 벨, 화가 버네사 벨, 소설가 에드워드 모건 포스터, 예술비평가이자 화가 로저 프라이, 화가 덩컨 그랜트, 문학기자 데즈먼드 매카시, 전기작가 리턴 스트레이치 그리고 경제학자 존 메이너드 케인스였다.

이들 중에서 관심을 끈 회원은 단연 케인스였을 것이다. 케인스는 제1차 세계대전이 끝난 뒤에《평화의 경제적 귀결The Economic Consequences of the Peace》과《화폐개혁론A Tract on Monetary Reform》그리고《자유방임주의의 종언The End of Laissez-Faire》이라는 책들을 잇달아 내놓으면서 명성을 얻었다. 잘 알려져 있듯이, 그의 경제학은 제2차 세계대전이 끝난 뒤 전후 건설에서 중요한 이정표 역할을 했다.

흥미롭게도 케인스 역시 프로이트에 상당한 관심을 가지고 뒷날 책까지 집필하는 열성을 보였다. 1930년에 쓴〈화폐에 대한 논고A Treatise on Money)에서 그는 자신의 작업을 '배금욕에 대한 프로이트적인 이론'이라고 명명했다. 이 논고는 크게 주목받지 못했지만, 케인스가 경제 문제를 프로이트의 정신분석학으로 해결하고자 했다는 점은 의미심장하다. 경제와 심리를 연결하는 발상이 케인스에게 그냥 주어지지는 않았을 것이다. 블룸즈버리그룹이 인큐베이터 역할을 했다는 것을 어렵지 않게 짐작할 수 있다. 그러나 앞서 지적했듯이, 이들이 인간 심리의 문제에 주목한 것이 반드시 프로이트 때문이었다고 단언하기는 어렵다. 울프가 "프로이트의 정신분석학을 공부한 적이 없다."라고 쓴 것은 완전히 틀린 진술이 아니다.

이들이 내세운 모더니즘 운동에서 핵심적인 미학적 기법으로 차용된 것은 '의식의 흐름'과 '내적 독백', '다중 관점' 그리고 '시간 왜곡'이었다. 모더니즘 운동의 핵심은 현실을 더 정확하게 묘파하기 위해 전통적인 소설 형식을 거부하는 것이었다. 울프의 소설은 이런 모더니즘의 특징을 잘 보여준다. 울프가 제임스 조이스의 소설을 높이 평가한 까닭도 평소에 자신이 추구하는 미학적 기법을 그가 훌륭하게 구현했기 때문이다.

그렇다고 해서 울프가 프로이트 정신분석학과 무관하다고 할 수 있을까? 분명 프로이트의 글을 읽은 뒤에 쓴 소설《등대로》는 정신분석학적인 통찰을 곳곳에서 보여준다.《등대로》는 어린 시절 콘월에서 보낸 휴가철의 경험을 토대로 쓴 소설이다. 울프의 이론이 잘 구현된 수작이라고 할 수 있는데, 미국의 소설가 폴 오스터가 "가장 아름다운 소설"이라고 극찬하기도 했다. 울프가 프로이트의 글을 읽고 모더니즘 기법을 창안한 것은 아니라고 해도 최소한 정신분석학을 통해 《댈러웨이 부인》에서 실험한 기법들을 더욱 발전시킨 것은 사실이라고 볼 수 있다.

여기에서 한 가지 의문이 들지 않을 수 없다. 울프는 왜 인간 마음의 문제에 그토록 깊은 관심을 가졌을까? 블룸즈버리그룹의 영향이라고 볼 수도 있지만, 사실 울프 자신에게 이 문제는 매우 절실한 것이었다. 울프는 평생 우울증에 시달렸고, 급기야 남편과 가족에게 더 이상 고통을 주지 않으려고 '명예 죽음'을 택하게 된다. 스스로 목숨을 거두어 생애를 마감한 울프의 결단에 대해 여러 가지 해석이 가능하겠지만, 내가 보기에 울프의 행동은 고통에 굴복하지 않으려는 특유의 신념에서 나온 것이 아닐까 한다.

울프는 어린 시절 오빠에게 성적 학대를 당하고 그 상처를 직시하면서도 결코 자신을 '피해자'의 자리에 위치시키지 않았다. 그에게 글쓰기는 그 모든 상처를 넘어서는 냉철한 행동이었다. 그는 어린 시절의 상처에서 여성의 차별을 보고, 평생토록 꿋꿋하게 여성의 처지에서 바라본 세상의 문제를 날카로운 산문으로 직조했다. 그의 생애는 결코 가부장적 사회가 부여한 '여성적인 것'에 대한 강박에 사로잡히지 않았다. 여성이라서 정규 교육을 받지 못했던 부당한 차별에 맞서 그는 쉬지 않고 글을 읽고 썼다. 그에게 모더니즘은 단순한 문화 운동에 그치는 것이 아니라 자신의 처지를 공고하게 할 만한 논거이기도 했다.

울프의 속내가 잘 드러나는 글은 일기와 에세이다. 일기는 소설과 에세이를 위한 원재료였다. 울프는 소설 못지않게 탁월한 에세이를 쓰는 비평가이기도 했다. 그의 에세이는 요즘으로 치면 문화 비평이라고 부를 수 있을 정도로 당대의 문화 현상에 대한 정밀한 관찰과 예리한 분석을 보여준다.

1905년에 쓴 〈에세이 쓰기의 퇴락The Decay of Essay Writing〉에서 울프는 교육의 확대로 인해 누구나 손쉽게 글을 짜깁기하고, 읽어야 할 인쇄물들이 홍수를 이루며, 저렴하고 편리한 필기구들이 등장하면서 오히려 글쓰기가 어려워졌다고 진단한다. 이런 울프의 문제의식은 오늘날 페이스북이나 트위터 같은 SNS에서 기인하는 글쓰기의 문제에 적용하더라도 크게 이상할 것이 없을 정도다.

울프는 산업사회 초기로 매체들이 범람하던 시대에 살았다. 물론 지금 우리에게 쏟아지는 물량에 비해 턱없이 모자라지만, 당시 런던에 사는 영국인들의 입장에서는 난생처음 겪는 엄청난 변화였을 것이다. 공공 도서관이 설립되고, 우편물이 현관에 쌓이며, 신문이 가판대에 진열되어 속보를 전했다. 여기에 더해 만년필과 잉크가 보급되어 누구나 마음만 먹으면 하얀 종이를 끝없이 채울 수 있게 되었다. 울프는 위트 넘치는 문체로 이런 문화 현상을 구석구석 파고든다.

소책자와 광고지, 잡지 그리고 지인이 보내는 편지와 원고는 우편이나 화물, 심부름꾼을 통해 끊임없이 집으로 몰려온다. 이 모든 정보를 어떻게 정리할 수 있을까, 탄식이 절로 나올 수밖에 없다. 한마디로 지식 생산과 유통의 위기다. 그렇다고 울프가 이 모든 문명의 이기를 버리고 과거로 돌아가자는 시대착오적인 주장을 펼친 것은 아니다. 오히려 울프는 자신의 시대에 펼쳐지는 광경이 진보의 산물이라는 사실을 순순히 인정했다.

에세이라는 형식을 일컬어 울프는 "거의 모든 에세이는 나로 시작한다."라고 말하면서, 이런 일인칭 서술의 관점이야말로 "자신의 의견을 표명할 수 있는" 사적 에세이의 특징이라고 말한다. 말하자면 에세이는 '아무나' 쓸 수 있다. 울프의 동시대인들은 조상들보다 훨씬 더 쉽게 펜을 다룰 수 있게 되었기 때문이다. 이 대목에서 우리는 진보주의자 울프를 발견한다. 그러나 사적 에세이에 대해 그는 냉철하게 말한다. 어떤 이들은 인쇄된 말들 아래에 어떤 신탁이나 무오류의 본성이 숨겨져 있는 것처럼 굴지만, 사실상 그 잉크로 찍힌 글자들이 전달하는 것은 건조한 에고이즘의 표현일 뿐이라고.

울프는 일생을 다룬 수많은 전기가 발간되지만 진실한 이야기를 전달하는 경우는 드물다고 진단했다. 왜냐하면 울프가 보기에 끔찍한 자기 자신과 대면하는 것을 보통은 피하기 때문이다. 가장 용감한 이들도 자기 자신 앞에 서기 두려워 도망치거나 눈을 가려버리기에 솔직하게 자신을 까발리는 전기는 발견하기 힘들 수밖에 없다는 논리다.

울프에게 에세이는 '아무나' 쓸 수 있는 글쓰기 장르지만, '아무렇게나' 쓴다고 성공적인 글을 완성할 수 있는 것은 아니다. 여기에 에세이의 딜레마가 있다. 이제 마음만 먹으면 아무나 에세이를 쓸 수 있는 시대가 되었지만 정작 에세이 자체가 난감해져 버렸다. 이 문제는 작가로서 울프의 딜레마를 표현하는 것이기도 하다. 여기에서 울프가 말하고자 하는 것은 자기 이야기를 쓰는 에세이의 문제다.

에고이즘이 꽃을 피우면서 등장한 사적인 글쓰기는 음악이나 문학 또는 다른 예술이 어떻게 만들어지는지 알려고 하지 않는다. 특정 대상에 대한 개인의 호불호를 표현할 뿐이다. 비평이랍시고 쏟아지는 글들도 진리 따위야 무엇이든, 어떤 것이 좋다거나 나쁘다는 지극히 사적인 평가를 남발하기에 바쁘다. 이런 울프의 진단은 우리에게도 낯설지 않다. 울프가 오늘날 SNS에 난무하는 '사연'을 본다면 어떤 표정을 지을지 궁금하다.

그러나 근대가 낳은 증상이기도 했던 사적인 글쓰기를 울프는 비난하기보다 긍정한다. 어쨌든 만년필로 글을 쓸 수 있는 당대의 조건은 울프에게 새로운 기회를 선사하는 물적 토대이기도 했다. 이런 울프의 태도는 "나는 뿌리 내렸지만 흐른다."라는 말에서 극명하게 드러난다. 모더니스트로서 울프는 영원한 무엇을 신봉하는 태도를 보이지 않는다. 그래서 그에게 소설은 중요하다. 울프가 '모던 픽션'이라고 불렀던 모더니즘 소설들은 이런 의미에서 완전히 새로운 차원의 현실성을 구성하는 미학적 성취였다고 할 수 있다.

흐르는 마음을 드러내다

이 지점에서 우리는 울프에게 소설이라는 글쓰기 자체의 의미를 되물을 수 있을 것이다. 울프에게 소설은 무엇이었을까? 울프는 고리타분한 비평가들에 맞서 평생 모던 픽션을 옹호했다. 울프에게 모던 픽션은 급변하는 세계를 담아낼 묘안이었다. 혁신적인 장치가 아니면 '나'에 대한 이야기만 넘쳐나는 시대에 소설은 제대로 '진리'를 전달하지 못할 것이다.

이쯤에서 우리는 울프가 왜 '의식의 흐름'을 소설의 기법으로 차용했는지 비로소 이해할 수 있겠다. 울프에게 중요했던 것은 다른 무엇도 아닌, '흐르는' 현실을 파악하는 것이었다. 이 문제는 곧 자기 자신을 이해하는 것이기도 했다.

울프는 난무하는 '나'에 대한 신변잡기들이 무미건조하고 답답한 소음이라고 생각했고, 그 '나'의 아래에 감추어져 있는 무수한 다른 '형상들'을 드러내고자 했다. 그 '나'는 특정 장소와 시간에 잡혀 있는 것이 아니라, 제약을 뛰어넘어 흐르는 것이었다. 과거와 미래는 언제나 현재의 시간성에 속해 있을 뿐이다. 생각해 보라. 우리는 과거를 말하고 미래를 말하지만, 항상 현재에 있다. 현재를 말하는 순간, 우리는 과거를 살게 되고, 미래로 나아간다.

이런 울프의 의도를 이해하면, 왜 '의식의 흐름'이 프로이트의 정신분석학과 다를 수밖에 없는지 이해할 수 있다. 울프에게 중요한 것은 인간의 마음에 대한 상상력이지 분석이 아니었다. 둘은 욕망이 곧 자아의 원천이라는 사실에 동의했지만 문제에 접근하는 방법이 달랐다.

울프에게 소설은 마음의 작동을 보여줄 수 있는 현미경과 같은 것이었다. 사적 에세이에 대한 비평에서 울프가 인정하듯이, 근대는 바로 '나'를 중심으로 구성된 에고이즘의 시대였다. 모두가 '나'를 주장하는 시대는 이율배반의 상대주의로 점철될 수밖에 없다. 이 허무하고 냉소적인 상황을 타개하기 위해 울프가 붙든 것이 바로 '모던 픽션'이었던 것이다.

21세기 한국에서 버지니아 울프를 읽는다는 것은 모더니즘 미학의 고전으로 꼽히는 책 한 권을 읽는 행위가 아니다. 그는 일기를 썼고, 소설에 그 이야기를 담았다. 일기와 소설이 자신의 이야기를 쓰는 일이었다면, 에세이는 남의 이야기를 읽고 쓰는 일이었다.

울프의 글쓰기는 여전히 우리에게 많은 것을 가르쳐주고 있다. 울프의 생애를 따라가다 보면, 그가 던지는 물음은 정보 과잉의 시대, 상호 충돌하는 가치가 이율배반의 냉소주의를 만들어내는 시대에 무엇을 쓰고 어떻게 쓸 것인지에 대한 반문으로 되돌아온다. 울프가 살았던 시대보다 더 사사롭고 더 많은 정보로 넘쳐나는 시대를 사는 우리에게 쓰기와 읽기를 묵묵히 실천한 그의 노력은 귀감으로 삼을 만하다.

울프는 글쓰기를 하나의 실험으로 생각했다. 실험으로써 수행하는 글쓰기는 자기 자신에 관한 탐구이자 삶의 의미에 관한 탐구였다. 울프는 소설의 창작 과정을 고스란히 일기에 기록해놓았는데, 그래서 우리는 지금도 그가 어떤 방식으로 글을 써갔는지를 생생하게 알 수 있다. 《댈러웨이 부인》을 쓰기 위해 숱하게 번민한 흔적을 일기에서 읽을 수 있는 것이다.

울프는 문학 이론에 맞추어 글을 쓰거나 미리 청사진을 그려놓고 소설을 창작하는 것을 거부했다. 어떤 방법을 정해놓고 글을 쓰지도 않았다. 이런 까닭에 '의식의 흐름'은 단순하게 소설을 쓰는 방법이라기보다, 그 자체가 글쓰기의 형식이었다고 볼 수 있다. 의식, 다시 말해서 몸의 작동이 글을 쓰는 것. 울프는 그렇게 온몸으로 밀고 가는 글쓰기의 진수를 보여주었다.

《밤과 낮》, 대중이라는 괴물

1 Victor Hugo, *The Hunchback of Notre-Dame*, London: Penguin, 1964, p. 10.

《플러시》, 새로운 소설을 위한 선언

1 E. M. Forster, "Visions", *Virginia Woolf: The Critical Heritage*, ed. Robin Majumdar and Allan Mclaurin, London: Routledge, 1975, p. 69.

2 Arnold Bennett, "Is the Novel Decaying?", *Virginia Woolf: The Critical Heritage*, ed. Robin Majumdar and Allan Mclaurin, London: Routledge, 1975, p. 113.

3 Virginia Woolf, *Flush: A Biography*, London: Harcourt, 1933, pp. 3-4.

《런던 전경》, 도시의 삶

1 Virginia Woolf, *The London Scene: Six Essays on London Life*, New York: HarperCollins, 1975, pp. 9-10.

2 Walter Benjamin, *Walter Benjamin Gesammelte Schriften*, V-1, Frankfurt am Main, 1981, pp. 559-560.

3 김수영, 《김수영 전집 2: 산문》, 민음사, 1981, 73쪽.

4 김수영, 앞의 책, 74쪽.

5 Virginia Woolf, "Street Haunting: A London Adventure", *Selected Essays*, Oxford: Oxford University Press, 2008, p. 177.

《올랜도》, 젠더 트러블

1 플라톤, 강철웅 옮김,《향연》, 이제이북스, 2010, 94쪽.

2 Virginia Woolf, *A Room of One's Own*, London: Vintage, 1987, p. 110.

3 Virginia Woolf, 앞의 책, p. 43.

4 Judith Butler, "Performative Acts and Gender Constitution: An Essay in Phenomenology and Feminist Theory," *Performing Feminisms: Feminist Critical Theory and Theatre*, ed. Sue-Ellen Case, Baltimore: Johns Hopkins UP, 1990. p. 278.

《보통의 독자》, 평범한 사람을 위한 독서법

1 니콜 하워드, 송대범 옮김,《책, 문명과 지식의 진화사》, 플래닛미디어, 2007, 21쪽.

2 Virginia Woolf, *Selected Essays*, Oxford: Oxford University Press, 2008, p. 65.

3 알베르토 망구엘, 정명진 옮김,《독서의 역사》, 세종서적, 2000, 210쪽.

4 Virginia Woolf, *The Common Reader*, Vol.1, New York: Vintage, 2003, p. 37.

《파도》, 영화의 시대

1 Virginia Woolf, *Diary of Virginia Woolf, Vol.1: 1915-1919*, London: Mariner Books, 1979, p. 18.

2 Virginia Woolf, "The Cinema", *Selected Essays*, Oxford: Oxford University Press, 2008, p. 173.

3 발터 베냐민, 최성만 옮김, 〈기술복제시대의 예술작품〉(3판),《발터 베냐민 선집》2, 길, 2007, 136쪽.

4 발터 베냐민, 앞의 책, 138쪽.

5 Virginia Woolf, 앞의 책, 176쪽.

6 Virginia Woolf, "Life and Novelists", *The Essays of Virginia Woolf, Vol. 2: 1912-1918*, ed. A. McNeille, London: Hogarth, 1994, p. 133.

7 Winifred Holtby, *Virginia Woolf: A Critical Memoir*, London: Continuum, 2007, p. 111.

《댈러웨이 부인》, 작가라는 질병

1   Virginia Woolf, *Afterwords: Letters on the Death of Virginia Woolf*, ed. Sybil Oldfield, New Jersey: Rutgers University Press, 2005.

2   David Hume, *Dialogues Concerning Natural Religion*, Indianapolish: Hackett, 1980, p. 104.

3   Immanuel Kant, *Metaphysics of Morals*, trans. M. Gregor, Cambridge: Cambridge UP, 1996, p. 423.

《세 닢의 금화》, 자유를 위한 경제 조건

1   Virginia Woolf, "Three Guineas," *A Room of One's Own*, London: Vintage, 1987, pp. 175-176.

2   Virginia Woolf, 앞의 책, p. 177.

3   같은 책, pp. 179-180.

4   Virginia Woolf, *Selected Essays*, Oxford: Oxford University Press, 2008, p. 144.

《자기만의 방》, 여성 주체를 만드는 법

1   Virginia Woolf, *The Diary of Virginia Woolf*, Vol. 4, New York: Mariner Book, 1982, p. 6.

2   질 들뢰즈·펠릭스 가타리, 김재인 옮김, 《천 개의 고원》, 새물결, 2001, 524쪽.

3   Virginia Woolf, *A Room of One's Own*, London: Vintage, 1985, p. 104.

4   Virginia Woolf, 앞의 책, pp. 104-105.

5   Georg Simmel, *The Philosophy of Money*, trans. Tom Bottomore and David Frisby, London: Routledge, 1990, p. 54.

6   Georg Simmel, 앞의 책, 251쪽.

7   게오르크 지멜, 김덕영 옮김, 《게오르크 지멜의 문화이론》, 도서출판 길, 2007, 113쪽.

《세월》, 행복의 조건과 가능성

1   Virginia Woolf, *Selected Essays*, Oxford: Oxford University Press, 2008, p. 219.

2   Karl Marx, *The German Ideology*, trans. W. Lough, *Karl Marx, Friedrich Engels,*

Collected Works, Vol. 5: Marx and Engels 1845 – 47, New York: International Publishers, 1976, p. 150.

3 Virginia Woolf, *Mrs. Dalloway*, London: Penguin, 1992, p. 4.

4 Virginia Woolf, 앞의 책, p. 25.

5 Virginia Woolf, *The Diary of Virginia Woolf*, ed. Anne Olivier Bell, 5 Vols, 1977–84, p. 290.

《존재의 순간들》, 여성에게 조국은 없다

1 Virginia Woolf, "Three Guineas," *A Room of One's Own*, London: Vintage, 1985, p. 231.

2 장 자크 루소, 이환 옮김, 《사회계약론》, 서울대학교출판부, 1999, 37쪽.

3 Virginia Woolf, 앞의 책, p. 107.

4 Frantz Fanon, *Black Skin, White Masks*, trans. Charles Lam Markmann, London: Pluto Press, 1986, p. 12.

5 캐롤린 하일브런, 김희정 옮김, 《셰익스피어에게 누이가 있다면》, 여성신문사, 2002, 198~199쪽.

《출항》, 제국에 반대하다

1 Virginia Woolf, *The Voyage Out*, Oxford: Oxford University Press, 1992, p. 29.

2 Joseph Rudyard Kipling, "The White Man's Burden: The United States and the Philippine Islands," *Complete Verse*, New York: Anchor, 1988, p. 321.

3 Leonard Woolf, *A Tale Told By Moonlight*, London: Hesperus Press Limited, 1961, p. 19.

4 Michèle Barrett, "Virginia Woolf's Research for Empire and Commerce in Africa", *Woolf Studies Annual*, vol. 19, 2013, pp. 83–122.

5 Leonard Woolf, *Empire and Commerce in Africa: A Study in Economic Imperialism*, London: Routledge, 1998, p. 360.

6 John A. Hobson, *Imperialism: A Study*, London: Unwin Hyman, 1988, p. 152.

7 Leonard Woolf, 앞의 책, p. 311.

버지니아 울프 북클럽

Virginia Woolf
Book Club

지은이 | 이택광

1판 1쇄 발행일 2019년 3월 25일

발행인 | 김학원
편집주간 | 김민기 황서현
기획 | 문성환 박상경 임은선 김보희 최윤영 전두현 최인영 정민애 이문경 임재희
디자인 | 김태형 유주현 구현석 박인규 한예슬
마케팅 | 김창규 김한밀 윤민영 김규빈 김수아 송희진
제작 | 이정수
저자·독자서비스 | 조다영 윤경희 이현주 이령은(humanist@humanistbooks.com)
조판 | 홍영사
용지 | 화인페이퍼
인쇄 | 삼조인쇄
제본 | 정민문화사

발행처 | (주)휴머니스트 출판그룹
출판등록 | 제313-2007-000007호(2007년 1월 5일)
주소 | (03991) 서울시 마포구 동교로23길 76(연남동)
전화 | 02-335-4422 팩스 | 02-334-3427
홈페이지 | www.humanistbooks.com

ⓒ 이택광, 2019

ISBN 979-11-6080-235-1 03800

만든 사람들

편집주간 | 황서현
기획 | 전두현(jdh2001@humanistbooks.com)
편집 | 임미영
디자인 | 유주현

NAVER 문화재단 파워라이터 ON 연재는 네이버문화재단 문화콘텐츠기금에서 후원합니다.